―――― 阅读之前 没有真相

午夜文库

劳伦斯·布洛克
雅贼系列

劳伦斯·布洛克 Lawrence Block（1938— ）

享誉世界的美国侦探小说大师，当代硬汉派侦探小说最杰出的代表。他的小说不仅在美国备受推崇，还跨越大西洋，征服了自诩为侦探小说故乡的欧洲。

侦探小说界最重要的两个奖项，爱伦·坡奖的终身成就奖和钻石匕首奖均肯定了劳伦斯·布洛克的大师地位。此外，他还曾三获爱伦·坡奖，两获马耳他之鹰奖，四获夏姆斯奖（后两个奖项都是重要的硬汉派侦探小说奖项）。

劳伦斯·布洛克的作品，主要包括四个系列：

马修·斯卡德系列：以一名戒酒无执照的私人侦探为主角；

雅贼系列：以一名中年小偷兼二手书店老板伯尼·罗登巴尔为主角；

伊凡·谭纳系列：以一名朝鲜战争期间遭炮击从此睡不着觉的侦探为主角；

奇波·哈里森系列：以一名肥胖、不离开办公室、自我陶醉的私人侦探为主角。

此外，布洛克还著有杀手约翰·保罗·凯勒系列。

劳伦斯·布洛克生于纽约布法罗，现居纽约，已婚，育有二女。

劳伦斯·布洛克作品年表

1966 《睡不着觉的密探》
1976 《父之罪》《在死亡之中》
1977 《谋杀与创造之时》《别无选择的贼》
1978 《衣柜里的贼》
1979 《喜欢引用吉卜林的贼》获尼禄·沃尔夫奖
1980 《研究斯宾诺莎的贼》
1981 《黑暗之刺》
1982 《八百万种死法》
1983 《像蒙德里安一样作画的贼》
      《八百万种死法》获夏姆斯奖
1986 《酒店关门之后》
1987 《酒店关门之后》获马耳他之鹰奖
1989 《刀锋之先》
1990 《到坟场的车票》
      《刀锋之先》获夏姆斯奖
1991 《屠宰场之舞》
1992 《行过死荫之地》
      《到坟场的车票》获马耳他之鹰奖
      《屠宰场之舞》获夏姆斯奖、爱伦·坡奖
1993 《恶魔预知死亡》
1994 《一长串的死者》
      《交易泰德·威廉姆斯的贼》
1995 《自以为是鲍嘉的贼》
      《一长串的死者》获爱伦·坡奖
1997 《向邪恶追索》《图书馆里的贼》
1998 《每个人都死了》《杀手》
1999 《麦田里的贼》《黑名单》
2001 《死亡的渴望》
2003 《小城》
2004 《伺机下手的贼》
2005 《繁花将尽》
2011 《一滴烈酒》
2013 《数汤匙的贼》

雅贼全集精装典藏版②
衣柜里的贼
The Burglar in the Closet

（美）劳伦斯·布洛克 著
易萃雯 译

新 星 出 版 社 NEW STAR PRESS

献给玛丽·帕特,
她打开了正确的门

先生，以写作为生之人须有公爵的自信，朝臣的智慧，以及盗贼的胆量。

——塞缪尔·约翰逊博士

1

"格拉梅西公园,"亨丽埃塔·泰勒小姐说,"是狂涛怒海里的一片绿洲,是莎士比亚警告过我们的人世祸殃中的避风港。"她的嘴唇间透出一声叹息,是那种思考过狂涛怒海里的一片绿洲后的叹息。"年轻人,"她说,"如果没有这片上苍赐福的绿洲,我真不知道该怎么办。我还真不知道我该怎么办哪。"

上苍赐福的绿洲是一座位于曼哈顿东二十几街的私人公园。公园有栅栏围绕,那是七八英尺高的黑色铸铁栅栏。锁上的大门谢绝没有法定权利的人士入内。只有那些住在公园周围,而且付了公园年度维护费的人,才能分配到可以打开铁门的钥匙。

此刻和我并排坐在绿色长凳上的亨丽埃塔·泰勒小姐便有这样一把钥匙。我们坐在一起的大约十五分钟里,她已经告诉了我她的名字,还有她大半生的历史。假以时间,我很肯定她会告诉我她出生后发生在纽约的所有事情——而据我推算，应该是在拿破仑滑铁卢惨败后的一两年。亨丽埃塔小姐是个讨人喜爱的老太太——她的确是，而且她还戴了顶有面纱的可爱的小帽子。我奶奶以前就老爱戴有面纱的小帽子，这玩意儿时下已不多见。

"没有狗，"亨丽埃塔小姐正在说，"公园不允许狗进来，我实在太高兴了。城里就剩这个地方可以不用边走边看着脚底下的人行道了。狗真是讨人厌的动物，随处拉撒脏东西。猫就讲究多了，不是吗？倒也不是说我希望脚下就有一只。我一直不明白大家为什么非把动物引到家里不可，我可连皮大衣都不想要。那种东西就应该留在林子里，待在它们该待的地方嘛。"我很确定亨丽埃塔小姐不会对陌生人这样讲话。不过陌生人就和狗一样，在格拉梅西公园里是找不到的。能在公园就表示我这个人正直可敬，表示我有高薪职业或者稳定收入，表示我是"我们"的一员，而非"他们"。我的衣服当然也是刻意挑选的，以强化这个形象。西装是深灰和浅灰格纹的热带毛纱料。衬衫是浅蓝色的，配上附有纽扣的中号领子。领带的底色是海军蓝，上面划过银色和天蓝色的条纹。我脚边的公文包是可可色的超级亮皮轻便款式，花了某人很大一笔钱。

总的看来，我像是在无聊的办公室里忙完一天，然后跑到公园透透气的单身汉。也许我先前在哪儿喝过一杯马提尼提了提神。这会儿我是在温煦的九月傍晚透透气，准备待会儿快步回家，回到我那设备齐全的公寓，往微波炉里扔一份速食晚餐,喝上一两罐啤酒,然后在电视上观赏大都会队险胜客队。

嗯,倒也不全是这样,亨丽埃塔小姐。

没有忙碌的一天,没有无聊的办公室;没有马提尼,因为准备上工前我连瓶塞的味道都不让自己闻一下。我寒酸的公寓里既没有微波炉,也没有速食晚餐,而且自从大都会队把西弗卖给别的队以后,我就不再看他们比赛了。我的公寓在上西区,离格拉梅西公园几英里之遥,我也没为超级亮皮公文包付出半分钱,那是几个月前我擅自拿走一位出门在外的绅士的钱币收藏时顺手牵羊得来的。我很确定这个公文包花了他很大一笔钱,而且上帝也知道,我拎着它踏着华尔兹步出门时,那里面可是塞满了钱币。

怎么,我连进公园的钥匙都没有?我是用了灵巧的德国回炉钢片。大门上的锁好开得惊人。奇怪,怎么就没有其他人偷偷开门进来,享受一个小时没有狗、没有陌生人的清静时光。

"绕着公园一个劲地跑,"亨丽埃塔小姐说,"这会儿那边就有一个。你看到了吗?"

我看到了。她说的那个家伙大概和我差不多年纪,三十四五岁,不过头发掉了大半,也许就是跑步跑掉的。他这会儿正在跑,或者是慢跑,总之是在动。

"这种人你早也看到晚也看到,冬天夏天都跑个没完。冷天他们就穿那样的一套,我想是所谓运动服吧。灰蒙蒙的,一点都不好看。今晚暖和些他们就穿棉质短裤。你说那样健康吗?"

"要不他们干吗要跑?"

亨丽埃塔小姐点点头。"不过我没法相信这对人有益,"她说,"看起来不舒服。你不干这种事的,对吧?"

"每隔一阵我是会想到要起来动一动。不过我通常都是吃两颗阿司匹林躺下来,这个念头一会儿就飞走了。"

"明智之举。不说别的,看起来就可笑嘛,那么可笑的事怎么可能对人有益。"她的嘴唇间又一次溜出叹息,"幸好至少他们只能在公园外面跑,不能在公园里面。对这点我们要心存感激。"

"就像狗一样。"她看着我,眼睛在面纱后发光。

"怎么,对啊,"她说,"就是像狗一样。"

七点三十分,亨丽埃塔小姐微微打起瞌睡来,慢跑的人也跑到别处去了。说得更确切些,一名留了淡金色及肩长发、穿着印花上衣和小麦色牛仔裤的女子走下了西区格拉梅西公园十七号前面的石阶,看了看手表,然后朝二十一街的转角走去。十五分钟过去了,她还没回来。除非这幢建筑里有两名符合上述描述的女人,否则她应该就是克里斯特尔·谢尔德里克——著名牙医克雷格·谢尔德里克未来的前妻。要是她已经出了她的公寓,那就轮到我进去了。

我走出公园——这不需要钥匙或德国回炉钢片就能办到——穿过街道，手里提着公文包，爬上十七号的台阶。楼有四层高，是希腊复兴派建筑中的代表作，建于十九世纪初。依我看，原先四层楼只住一户人家，全家的杂物和旧报纸都堆在地下室。可是由于生活水准日益下降——这话我敢说亨丽埃塔小姐也同意——现在每层都住着不同的人家。我研究了一下玄关处的四个门铃，略过标着亚门、波洛克和拉芬威尔的那几个——这三个名字合起来，倒挺像专门设计工业园区的建筑师事务所——按了标着谢尔德里克的铃，走进去。

用的是钥匙。"那婊子换了锁，"克雷格告诉我，"不过她要是换掉楼下那把锁，邻居肯定会骂死她。"这把钥匙是省了我几分钟时间，因为那锁还挺像个样。我把钥匙放进口袋，走向电梯。不过电梯里有人，梯笼正朝我降下。我可不太想看到亚门或波洛克——拉芬威尔住在一楼——然后又想到电梯里面有可能就是他，他刚上屋顶花园浇完水，这会儿正要回到楼下。也罢，我沿着走廊继续往前，走到楼梯处，爬上两段铺了地毯的楼梯，来到克里斯特尔·谢尔德里克的门前。我按了两下门铃，听着里面的叮当声，又敲了几下门——完全是为了保险起见。然后我把耳朵贴在门上，听了一会儿之后便移开耳朵准备开工。

克里斯特尔·谢尔德里克的门有两道——而非一道——新锁，都是雷布森牌。雷布森是没话说的好锁，而且其中一道还附加了他们新出的防盗滚筒装置。这玩意儿不像他们广告里说的那样防盗，不过也不是一盘碎猪肝，所以我还是花了一番工夫才解决它。要不是我家里有一对跟它一样的锁，时间怕要耗得更久。一道在客厅，我可以边听唱片边练习闭着眼开锁，另一道就在我家的前门上，好防范没我用功的小偷入侵。

我开了锁走进去，当然这回是睁着眼的。在把身后的门关上以前，我先把公寓巡视了一番。以前有那么一次，就因为我懒，结果后来才发现那公寓里有具尸体，那情形可真让我窘迫得无地自容。经验确实是好老师，因为我们真的会记住它的教训。

没有死人，而且除了我以外也没有活人。我退回去把两道锁都锁上，砰的一声把公文包丢在维多利亚时期的玫瑰木鸳鸯椅上，两手滑进绷得紧紧的纯橡胶手套，然后开始行动。

我玩的这游戏名叫寻宝。"我可真想亲眼看着你把那地方剥得只剩光秃秃的四面墙。"克雷格这么说过，而我现在就要全力以赴完成他的心愿。看来这里不只有四面墙——我走进客厅、设备齐全的餐厅、一间大卧室、一间装潢成兼做电视房的小卧室，外加一间厨房。厨房里有一面假砖墙和一面真砖墙，以及众多挂在铁钩上的铜制深锅和浅锅。厨房是我的最爱。卧室很俗气，偏偏又装饰成一副洁白无瑕的样子。小卧室到处是棱角，刻板乏味，客厅则是个大杂烩，展示了几世纪以来各种品位糟糕的典型。我就从厨房开始，在冰箱门的奶油隔板上找到了六百美元。

说起找东西，翻冰箱应该错不了。会把钱放在厨房的人可真多得吓人，而且其中很多都是把钱塞进冰箱。冷钱，我想着。不过我捞到六百靠的可不是平均数游戏。我有内线消息。

"那女人的钱都放在冰箱里，"克雷格告诉过我，"通常总有几百放在奶油隔板上。面包①和奶油放在一起。"

"聪明。"

"可不是吗，她以前总把大麻藏在茶罐里。要是她住在有草坪的房子里，八成会把那玩意和草种放在一块儿。"

我没检查茶罐，所以不知道里面是什么茶。我把现金放进皮夹，回到客厅试试书桌。右边最上层抽屉里也有钱，最多两百，都是五美元、十美元和二十美元面额的。没什么好兴奋的，不过我还是兴奋起来了，因为只要把自己放进别人的住处，我就会浑身发痒，而且一旦占到别人的财产并据为己有，这种兴奋劲儿就会冒出来。我知道这样非常不道德，有时也会心生悔意，不过这无法解决。我名叫

---

① "面包"的英文是 bread，这个词也有"金钱"的意思。

伯尼·罗登巴尔，我是小偷，我爱偷东西——爱就是爱。

钱进了我的口袋就变成了我的，于是我便开始摸那张小桌子的其他抽屉，连着几个都没藏什么好货色。然后我打开另外一个，里面赫然放着三个想必装有上等手表的匣子。第一个是空的。第二、第三个不是。其中一块是欧米茄表，另一块是百达翡丽表，都精美至极。我盖上匣子，把手表送进它们的归宿地——我的公文包。

手表是上等货色，除此之外在客厅里再也找不到别的了，不过这已经比我预期的多了。因为客厅和厨房一样只是热身的地方。克里斯特尔·谢尔德里克独居——虽然她经常有访客留宿——又拥有大量高价珠宝，而女人总爱把珠宝放在卧室里。她们这样做是因为觉得这样穿衣服的时候戴起来方便，不过我觉得真正的原因是她们在黄金和钻石中间睡得更香甜，更有安全感。

"以前我都快被逼疯了，"克雷格说，"有时她东西不收好，全放在外面。要不就把手镯、项链随手丢进床头柜的顶层抽屉。她的床头柜在床的左边，不过现在既然都归她所有，你就两个都瞧瞧吧。"说得也是，"我以前总是求她把那些东西放进保险箱。她嫌麻烦，就是不听我的话。"

"希望她最近还没开始听。"

"克里斯特尔不会。她谁的话也不听。"

我把公文包拎进卧室，大致瞧了瞧：耳环、戒指、手镯、项链、胸针、坠子、手表、时尚珠宝、古董珠宝。不差的货色、挺好的货色都有，还有几样以我颇为专业的眼光看来还真是好极了。牙医除了收支票之外，还会收到一定数额的现金。这种事虽然好像难以置信，不过那些现金确实有一部分是会瞒过国税局的，有些则悄悄被转换成珠宝，而现在珠宝又有可能同样悄悄地被转换回现金。换回来的钱会比之前砸出去的少，原因是虽然同样身为顾客，收赃货的比起牙医可要谨慎多了。不过数额加起来还是挺惹眼——如果你考虑到那是无本生意，起初不过就是一堆烂牙和根管治疗罢了。

我找得非常仔细，不想错失任何东西。克里斯特尔·谢尔德里克表面上是把公寓整理得很干净，不过她抽屉的内部都难以见人，里面有些小饰品和珠子被迫与皱成一团的裤袜以及半满的化妆品瓶子做伴。

所以我就好整以暇地慢慢来，我的手指越轻巧，公文包就越沉重。时间还很充裕。她七点一刻离开，恐怕直到半夜都回不来——假如她要在天亮前回家的话。照克雷格所说，她的标准行为模式是先在附近几家小酒吧喝上一两杯，再顺便找个地方吃饭，接下来几小时便奉献在认真饮酒外加更认真地勾搭男人上。当然有某些夜晚她会订好计划：高级餐厅的晚餐、约人看戏什么的，不过从她刚才出门的打扮来看，今天应该是要随性娱乐一晚。

这就表示她会带个陌生人回家，或者到陌生人家去。不管怎样，她重返家门时我应该早已离开。要是他们决定去男方家里，珠宝可能在她发现失踪以前就已经被销了赃。要是她把男人带回家，他们又烂醉到没注意丢了东西，然后他又在她醒前先走，她说不定会把这笔账算在他头上。无论如何我都不会惹祸上身，而且就算我给了克雷格他的那份，还是会剩下好几千可以让我轻轻松松花上八九个月。当然公文包里是什么还很难说，而且要把珠宝变成现金路途还很漫长，不过罗登巴尔太太的儿子伯尼前途光明可是毫无疑问的。

我记得脑子里闪过那个念头。之后不久克里斯特尔·谢尔德里克把我关进卧室衣橱时，想起当时的情形还真是个颇大的安慰呢。

2

问题的起因,当然,就是帕金森定律中的一条:人,不管是官员还是小偷,手头的工作总会慢慢做,拖到限期才完工。我知道克里斯特尔·谢尔德里克待在外面的时间会很长,于是便打算花几个小时来搜刮她的财物。我一向知道小偷应该遵守流传已久的花花公子哲学——也就是进去、出来——可是从容运用手头的时间也并不是没有道理。要是你匆忙行事,便有可能错失财物,说不定还会把犯罪证据留在现场。再说翻找他人物品还真是刺激十足,能够借此假装——这也可以说是一种病态——进入那个人的生活。其中的刺激是小偷生涯吸引我的原因之一。这点我承认,但就是改不了。

于是我逗留下去。如果真的有心,我可以在二十分钟内效率奇高地翻遍谢尔德里克的住处。不过我是在慢慢利用这宝贵的时间。

我七点五十七分打开谢尔德里克的第二道锁——悄悄

推开门时我恰好注意了一下时间。九点十四分我合上公文包，扣上弹簧搭钩。我拎起箱子，感觉到重量的增加，心里颇为欣慰。我是以克拉而非盎司计算重量的。

然后我又放下箱子，再度凝神细看这块领地，但根本不知道自己在找什么。比我年轻的人或许会说我是在感应磁场。我可能会对自己这样说，不过不会很大声。这么说吧，我待在了我不应该待的地方，而且又没人知道，我想延缓由此产生的那种甜丝丝的感觉。连克雷格都不知道我在这里。我告诉他我要过一两天才会过来，不过今晚是如此怡人，又是如此适合闯入民宅……

我在卧室里欣赏着一张淡彩人像画，上面那位年轻女子梳着高雅的发髻，穿着高雅的长裙，脖子上那块翡翠看来比我从克里斯特尔·谢尔德里克那里偷到的所有东西都要高级。画像看起来是十九世纪初的作品，那女人似乎是法国人，不过她有可能只是练就了让自己看起来有法国气质的本事。她的表情中有什么东西颇为引人注目。我想那是因为她多次遭受磨难——主要是男人造成的——随时会感到失望却只能认命，不过心中还是愤愤难平。此时我刚刚失去旧爱，又还没找到新欢，我用眼睛告诉她我可以让她的生命充满欢乐和满足，但她那对浅蓝色的眼睛看着我，我由此明白，她很确信我会跟其他男人一样始乱终弃。我想她或许是对的。

然后我听到钥匙插进门锁的声音。

幸好有两道锁，而且我进门后又都重新锁上了。其实我可以干脆再拉上门闩，让门不能从外面打开，不过这种事我早就不干了，因为那样反而会让人知道里面有贼，最后招来一两名警察上门。我全身僵硬，心脏上升到离我的扁桃腺只有一两英寸的地方，身上各种除汗剂广告提醒过的点线面全部湿透。钥匙在锁里转动，弹簧拉开，有人说了些我听不清的话——对着另一个人或空气——然后另一把钥匙也进入了另一道锁。我不再僵硬，开始移动身体。

卧室有扇窗户——和任何普通的卧室一样，不过窗户上装了台空调，所以不可能很快打开。另外还有扇小窗户，虽说足够我钻过去，可不知哪个扫兴的家伙在上面装了一道铁栏杆，防止可恶的小偷爬进来。这下倒也防止了可恶的小偷钻出去，不过扫兴鬼当初可能并没有想到这一点。

我放弃了窗户，然后扫了一眼铺着蕾丝床罩的床，想把自己塞到床底下。不过弹簧垫和地毯之间实在没有多少空间。也许可以硬塞进去，不过我会很不舒服。再说藏到床下实在有损尊严，这是老掉牙的手法。

按理说藏进卧室的衣柜也同样无聊，不过要舒服得多。钥匙还在第二道雷布森锁里转动，我已经偷地冲进了衣柜。先前我打开过它，还一一摸了里面的衣服，检查过帽盒，希望装的不只是帽子。奇怪的是当时竟然上了锁，钥匙就挂在锁上等着我去转动。真不知道目的何在，可偏偏就有人爱玩这一套。可能是因为他们若是把钥匙放在别处，每次换鞋的时候，光找钥匙就要花很多时间，而且我猜锁上门又把钥匙留在锁里多少是一种心理安慰。之前我没从她的衣柜得到任何东西。即使她有毛皮大衣也已经藏起来了，而且我不喜欢偷毛皮，也没打算摸走她的意大利名牌皮鞋。

总而言之，当时我懒得再锁上柜门，这会儿也就省了开锁的麻烦。我闪了进去，从身后拉上柜门并关好，滑进两套微微散发着香水味的礼服之间，然后将它们整理好，深呼吸一下，不过远远无法满足我疼痛的肺部。我仔细倾听，前门打开，有两个人进来了。

要知道是两个人并不难，因为我听到了他们在说话，只是听不清内容。从声音判断，应该是一男一女，于是我假设女人是克里斯特尔·谢尔德里克，她穿着小麦色牛仔裤和印花布上衣。男的是谁我完全不知道。我只感觉此人手脚很快，三两下就把她像赶小鸡一样带了过来。也许此人已婚。这就解释了他为什么这么赶时间，以及为什么他们来了这里而不是去他家。

冰块撞击声，液体倾倒声。柜子里散发着樟脑丸的气味，还夹杂着娇兰一千零一夜和陈旧汗水的味道，我身处其间，悲伤地想起那两杯我没喝的餐前马提尼。我工作前绝不喝酒，以免影响效率，这会儿我想想这项原则，再想想我的效率，觉得自己从来没有这么愚蠢过。

我不但没喝餐前酒，连那顿饭都没吃，我原本想的是把那种愉悦推迟到我能以庆贺的心情享用盛宴的时候。我打好了如意算盘：事后去格林尼治村科内尼亚街一家我熟悉的小店，先来两杯马提尼，之后当然就是他们的招牌菜冷芦笋汤，接着是搭配蘑菇的牛胸肉——哦，天哪，那些牛胸肉，然后是菠菜拌芝麻沙拉配橘子片，啊，对了，或许再来半瓶好酒搭配牛胸肉。白葡萄酒，当然，可哪种好呢？这事得仔细斟酌。

接下来上咖啡，很多很多咖啡，不加糖不加奶精。当然还有餐后白兰地配咖啡。甜点就算了，没必要太奢侈。就算你没执迷到绕着格拉梅西公园慢跑，至少也得盯紧腰围。那就不要甜点了，不过也许可以再来一杯白兰地，为的是去掉咖啡的苦涩，还有庆贺任务顺利完成。

任务完成得可真够顺利的。

客厅里，冰块继续在玻璃杯里叮当作响。我听到了笑声。不知是收音机还是唱片机里传出歌声。更多的冰块撞击声，更多的笑声，气氛更加轻松了。

我站在衣柜里，发现自己的思绪不可救药地转向酒类。我想到马提尼——像克朗代克河①的水一样冰冷，三盎司晶莹清澈的坦卡里金酒加上滋味像接吻一样美妙又稍纵即逝的诺利·普拉苦艾酒，螺旋状的柠檬皮像彩带一样浮在上面，高脚杯冷冻得恰到好处。然后我的思绪移向葡

---

① 克朗代克河（Klondike），位于加拿大西北部，是育空河的支流。

萄酒。到底什么酒最合适呢?

"美丽啊,美丽的夜晚。"女人唱着,"可你知道吗,我有一点热,小宝贝。"

热?我可想不出原因。公寓里有两台空调,一台在卧室,一台在客厅,她出门时两台都开着,所以室内挺舒服的。我戴着橡胶手套的双手在发热流汗,不过身体的其他部分一直都是清凉干爽的。

直到现在,我是说。卧室的空调对衣柜里的空气没有发挥能让人感觉到的作用,也就是说,这里面的空气没有受到调节。我的双手受害最深,我剥掉手套,塞进口袋。此时指纹是我最不必担心的问题。最为迫切的问题也许是窒息,至少目前看来有这个可能,其次则是忧虑、被捕、坐牢,一个接一个,令人沮丧。

我吸了口气,再呼口气,心里想,也许——只是也许——我可以逃过这一劫。也许克里斯特尔和她的绅士朋友会忘情得看不出珠宝失踪。也许他们只是过来办他们要办的事,之后就会离开,或者陷入昏迷状态,那我就可以逃出衣柜、逃出公寓,带着赃物返回我的地盘并且……

妈的!

这下可好,带着赃物!偷来的东西全都整整齐齐地放在公文包里,根本不在我手上——也不在手边。它这会儿在离我较远的床的那一头,就在墙上那幅失意女士的淡彩画像下面。克里斯特尔即使没注意到珠宝失踪,也很可能发现了那箱子的存在，那就意味着有人闯进了她家，而且工作到一半被她打断了。她会立刻打九一一，于是警车呼啸而来，某个聪明的执法者便打开衣柜，而我，伯纳德·格林姆斯·罗登巴尔，那时便会身陷窘境，接着锒铛入狱。

妈的！

"来个更舒服点的。"女人说道。现在我听得更清楚了，因为他们已经向卧室走来——这点倒是没让我觉得意外。他们进入卧室，办了来这里要办的事，不过这个话题我就说到这儿，不再赘言。因为仅仅是那声音就让我不胜其烦，各位可别想让我复述事件的过程。

事实上，我尽量不去注意他们。我让自己的思绪回到搭配牛胸肉的白葡萄酒上。我觉得法国的酒不行，虽然那道牛胸肉就是法国菜。德国酒也许会更带劲一些。莱茵河白葡萄酒？当然可以，可是我又转念一想，觉得上好的莫泽尔酒也许更地道。我想起不久前和一名女子共享了一瓶匹兹伯特金葡萄园的酒，只是我们最终共享的也仅此而已了。当然，这酒配牛胸肉并无不可。太甜的绝对不行。不过这道菜式需要配的酒还真得带点缭绕不去的甜意，还有果香味……

对了！我的脑子里忽然冒出七五年的德国博斯顿白葡萄酒，带着丰盈可爱的花香味，新鲜的气息简直就像咬了一口史密斯奶奶苹果[①]，还有一丝辣味，那热流刺激着你的

[①]史密斯奶奶苹果（Granny Smith apple），美国著名的苹果品牌，得名于创立者玛丽·安·史密斯夫人。

舌头。没人能保证我选的餐厅一定有这种酒,同样也没人能保证我一定能吃到晚餐,而不是被送到阿提卡服上五到十年的刑,所以我干脆就天马行空地发挥想象力。有人说,喝酒应该只喝半瓶,这简直是胡说。值得喝的酒当然应该喝一瓶。

晚餐得考虑全面,于是我就开始猜测当天的蔬菜品种。得有绿色花椰菜,嚼劲十足的蒸绿色花椰菜,配上荷兰沙拉酱,不复杂——只要浇上一点甜奶油就行了。或者,三分熟的秋葵加一点番茄和紫苏调味,再撒上磨过的帕米山乳酪。

我的思绪又很理性地跳到了餐后白兰地上。上等白兰地,我想着,任何高品质的白兰地都行。我回味着过去在各种场合、在比目前舒服得多的时候,幸福地享用过的各种上好白兰地。

我想着,一杯酒应该会有帮助。也许没法真正帮上忙,不过至少看起来有好处,现在要是有酒就好了。装备齐全的小偷就该在屁股口袋里塞一瓶酒。方形酒瓶。也许需要保温型的,能让马提尼保持冰凉。

凡事都有尽头。克里斯特尔·谢尔德里克和她的新朋友做爱却仿佛没有尽头——虽然他们也许不这么觉得。结果以时间计算,持续了二十三分钟。我不能说出克里斯特尔的钥匙在锁里转动的确切时间，因为当时我的脑子里还有更重要的事。不过那之后不久我瞄了一眼手表，九点三十八分。他们俩进入卧室时我又瞄了一眼，十点零二分。表演进行当中我时不时又看看，等压轴戏轰隆一声结束时，我的荧光表告诉我当时是十点二十五分。

很长的一段沉默，然后便传来合唱："哦，你真厉害"，"棒透了"以及"我们应该经常这样做"，总之是眼下人们都会说的一些话。现在大家都不说什么"我爱你"之类的了。然后男人说："天哪，比我想象的要晚。已经超过十点半了，我得走了。"

"赶回家去找你的那个什么人吧？"

"我可不信你会忘了她的名字。"

"还是忘掉的好。亲爱的，有时候我还真的可以把她彻底忘个干净呢。"

"你好像在吃醋。"

"我当然在吃醋，宝贝。难道你觉得奇怪吗？"

"哦，行了，克里斯特尔，你可没真的吃醋。"

"没有？"

"不可能的。"

"你以为我只是演戏？也许你是对的。我也说不上来。你的领带歪了。"

"哦，谢谢。"

他们就这样聊着，没说什么我迫切需要听的。要我全神贯注听他们说话还真困难，这不只是因为说的内容比瑞典电影还枯燥，还因为我一直在等着他们之中谁会恰好一脚踢到公文包，大声地问这东西怎么会在这里。不过这种事没有发生。他们继续有一句没一句地聊着，然后她就送他到门口，让他出去，在他身后把门关上，接着我似乎听到她哗啦一声拉上了门闩。我心想，真是很小心啊，不过这会儿贼已经在你家的衣柜里了。

接下来好一会儿我都没听到任何声音，然后电话铃响了两声，话筒被拿起，不过我听不清谈话。又是一阵沉默，忽然传来大发脾气的声音。"你他妈的杂种！"克里斯特尔如雷鸣般吼道。我不知道她指的是刚刚和她上床的伴侣、她的前夫、打电话给她的人，还是其他什么人。而且我也不在乎。她只喊了一声，紧接着传来砰的一响，也许她猛地朝墙上摔了什么东西。然后又恢复了平静。

克里斯特尔沉默下来，从客厅返回卧室。可能在来卧室的路上她又续了杯，因为我听到了冰块撞击声。不过折腾到现在，我已经什么都不想喝了。我只想回家。

之后我听到的是水流声。客厅旁的过道里有个厕所，卧室旁边则有间浴室，里面有淋浴间，我听到的就是这声音。克里斯特尔打算冲掉做爱的残迹。男人走了，克里斯特尔在淋浴，我现在应该溜出衣柜，拿起公文包离开。

我正要行动时，水声突然变大了。我缩回一排礼服和各种衣物后面，只听见脚步声朝我走来，然后钥匙转动，利落地把我锁在了柜子里。

这当然不是她的本意,她是想开锁的。她之前把衣柜锁上了,所以自然认为现在仍然是锁着的,于是转动钥匙,然后——

"奇怪。"她大声说道。然后停下来,再把钥匙往反方向转动,这次她开了柜门,伸手进来从衣架上拿下一件柠檬绿的毛巾浴袍。

这期间我连气都没喘。倒不是怕她发现,而是因为心脏卡住了气管,我无法呼吸。

克里斯特尔就站在那里。淡金色头发塞在珊瑚色的浴帽里。我看到她,可她没看到我,这样也好。一眨眼的工夫——如果有谁眨了眼的话——她又关上了衣柜门。

而且锁上了。太好了。她还真是爱惜衣柜。有的人只要离开房间五分钟就要关灯。克里斯特尔是不锁衣柜就不离开。我听着她的脚步声又回到浴室,听着浴室门关上,听着她在按摩式莲蓬头下安顿好——这可不是猜测;我探头看过,她的确装了那种时髦玩意儿。

我没再听下去,而是扒开衣物,转动门把推了推,门当然纹丝不动。我简直要哭出来了。

真是一出不可思议的错中错喜剧。活生生的闹剧。

我用指尖轻抚门锁。的确可笑。其实用力一脚就能把门踢开,不过我可不想制造那种噪声。我得找个更温和的方式出去,第一步就是要把那该死的钥匙从锁里弄出来。

这很简单。我从克里斯特尔一件衣服的包装袋上撕下一张纸，然后用手和膝盖趴在吱嘎作响的衣柜地板上，把纸从门下的细缝里推出去，恰好塞在锁孔下面。接着我用一块小钢片在那该死的锁孔里面捣鼓，直到钥匙咔啦一下松开，掉在地板上。

我再一次趴在地板上去扯那张纸。轻轻地扯，因为用力的后果会像扯桌布一样——桌布扯出来了，可所有的碗盘还在原位。我不只想要纸，还要纸上的钥匙。如果钥匙离你的手掌只有几英寸，何必撬锁呢？欲速则不达，慢慢来，别急，这就对了——

这时，门铃响起来了。

妈的，我真想吐口水。该死的门铃制造出的声音连母鸡听了都会停止下蛋。我僵在那里，热切地祷告，希望克里斯特尔在淋浴中听不到门铃声，可是显然我的祷告还不够热切。那玩意儿又响起来了，真是漫长而恐怖的刺耳声音，克里斯特尔关上了水龙头。

我待在原地，继续扯动那张纸。我可不希望她回到衣柜前面时看见钥匙躺在地板上。钥匙离开门缝进入我的视线，此时浴室门打开，我听到了她的脚步声。

我没动，像祷告一样伏在地上。即使她注意到钥匙不见了，呃，至少她也没办法打开柜门，因为钥匙在我手里。这也算是小有成就，我这样告诉自己。

不过，她经过衣柜时没有放慢脚步。一阵风扫过，估计她穿着那件柠檬绿的毛巾浴袍。我猜她是按对讲器打开了楼下的大门。我等着，估计她也在等着，接着便传来门铃声。她打开了门。

这时我站起身，躲在那排衣服后面，竖起耳朵听着，但要弄清外面发生的事非常困难。门打开了，我听到克里斯特尔在说什么。声音很模糊，不过我还是听到了"干什么？你想怎么样？"之类的话。我觉得她的声音有点惊慌，或者至少非常不安，但也有可能是我描述得太夸张。

接着我听见她大声叫道："不，不要！"这次真的很惊恐。然后她尖叫起来，但声音很短促，像放唱片时唱针被人移开了一样，忽然就断了。

然后是砰的一声。

然后就什么都没有了。

我就在这里，一动不动地站在衣柜里，像全世界最谨慎的同性恋。过了一会儿，我想起应该用手中的钥匙开锁，可这时我又听到外面有人移动。是脚步声，和克里斯特尔的不同。我说不出是轻一些还是重一些，但肯定不一样。刚才一直在听克里斯特尔的脚步声，因此我已经很熟悉了。

脚步声近了，来到卧室，然后开始在卧室里四处移动，开抽屉、移家具，还转了一下衣柜门的把手，不过门当然还是锁着的。不管外面是谁，显然不善于开锁。衣柜被放弃，我又安全了。

他在继续移动。过了一段时间——当然不是永恒，脚步声又经过衣柜，回到客厅。公寓的门打开又关上——我已经能辨认出那个声音了。

我看看表，差十一分十一点，心想这比十点四十九分好记。我瞧瞧手中的钥匙，把它插入锁孔转动，开门前犹豫了一下，心里很清楚外面会是什么场景，我可没急着想看。

话说回来，我在衣柜里也实在待腻了。

我走了出来。客厅里的情景完全在我的意料之中。克里斯特尔·谢尔德里克躺在地上，一条腿弯着，脚塞在另一条大腿下面。黄头发塞在浴帽里。绿色的浴袍被拉开，美丽的身体展露无遗。

她的右颧骨上有一道难看的紫色伤痕。一道类似抓伤的红色印记从她的左眼下方延伸到下巴左侧。

还有，一个发亮的钢制工具插在她耸立的双乳之间，直入心脏。

我试了试她的脉搏。我不知道为什么要这样做，因为她显然已经死得不能再死了，不过电视上的人总是这样做，好像这是天经地义的。我不知道自己做得对不对，因此花了很长时间在她的手腕上摸来摸去，最后我说了声"去他妈的"，宣告放弃。

我没有觉得头晕，只是膝盖软了一下，不过那感觉很快就过去了，一切恢复正常。我感觉糟糕是因为死亡本身就很糟糕，而命案尤其恐怖。我模模糊糊地觉得自己应该做些什么阻止这事，可他妈的我哪里知道该做什么！

凡事都有先后顺序。她死了，对此我无能为力，而我身为小偷，当然不希望被人发现置身于比失窃案更严重的犯罪现场。我得把所有可能留下我指纹的地方擦干净，我得拿回公文包，尽快离开。

我不用擦克里斯特尔的手腕，皮肤上不会留下指纹，虽然很多愚蠢的电视节目都不知道这一点。需要擦的是我脱下橡胶手套以后——顺便说一下，现在我又戴上了——摸过的地方。于是我从浴室拿块布擦了衣柜内侧的门和衣柜的地板，此外我实在想不出还可能碰过什么，不过还是顺手抹了抹衣柜外侧的门把手，以策安全。

当然凶手也碰过那个把手，所以我可能是在擦他的指纹。不过话说回来，他当时或许戴了手套。

这与我无关。

擦完后，我回到浴室把抹布挂回钩子上，然后回到卧室想再看一眼失意的淡彩画女士。我朝她抛了个媚眼，然后目光向下移，找我的公文包。

没有。

不管克里斯特尔·谢尔德里克是谁杀的，这人拿走了她的珠宝。

3

此事屡试不爽。我一开口就惹祸上身。不过眼前情况特殊,毕竟,我只是在听命行事。

"张开,伯尼。张大点,嗯?这就对了。很好,很好。太美了。"

美?呃,俗话说情人眼里出西施,我想大概没错。如果克雷格·谢尔德里克愿意相信张嘴露出一口牙很美,那是他的特权,我祝他健康快乐。我想,这口牙齿不是全世界最糟糕的牙。二十多年前,有个面带微笑的牙齿矫正医生给它们上了牙套,弄得我整天用小橡皮筋攻击我的同学,不过至少它们现在都没长歪。而且自从我戒了烟,又改用增白牙膏以后,我看起来已经不像《黄牙诅咒》里的角色了。不过我所有的白齿和尖齿都是又填又补,一颗智齿也成了回忆,而且左上排的犬齿做了根管治疗。对我这么一个牙科老病号来说,牙齿或许还算能见人,而且多年来也没给我添什么麻烦,但要说它们美,也未免太夸张了。

不锈钢探针碰到一根神经。我扭了一下,像嘴里塞满手指一样发出哼哼声。探针再度无情地碰了碰那根神经。

"有感觉?"

"嗯哼。"

"有点蛀牙,伯尼。没什么大不了的,不过现在就得处理。这就是每年洁牙三到四次的重要性。你过来,我们拍一套X光片,检查一下口腔,抠抠臼齿,这样在小洞变成大洞前就能抓住它们。我说得对不对,嗯?"

"嗯哼。"

"那么多人都害怕照X光。嗯,如果你怀了孕,我想那就得另当别论了,可你没怀孕对吧,伯尼?"他说着笑了起来。我可不知道他在笑什么。如果你是牙医,讲了个笑话就只能自己笑,这也许并不容易,可是在我看来,反正你在粗暴地发挥自己的机智时,也根本不会意识到这一点。病人没办法笑,你也不用把他的沉默理解为是在指责你。

"呃,我们马上处理,然后就让吉莉安清洁口腔。右下腭第一颗臼齿,这个好办,我们可以用药物局部麻醉止痛,当然不会让你的半边脑袋都失去知觉。这是个需要耐心的行业,有的医生会让你的舌头麻上六七个小时。算你走运,伯尼,为你看病的是天下最好的牙医,你什么都不用担心。"他咯咯地笑着说,"只是,当然要付账单。"说完他大笑起来。

"嗯哼。"

"再张大些。很好。美啊。"他的手指尝起来像是煮过一样,这会儿正熟练地往我嘴里塞棉花团。然后他又拿起一根连着长橡胶管的塑料弯管插到我的舌根下面,开始发出吸溜吸溜的声音。

"这位是口渴先生,"他解释道,"我跟孩子们都这么说。口渴先生这就要吸掉你们所有的口水,免得坏了我的好事。当然我跟孩子们说话不会这么粗鲁。"

"嗯哼。"

"总之,我对孩子们说,口渴先生在此,等我要用麻醉剂击昏他们时,会说他们马上就可以登上谢尔德里克大夫的火箭船遨游太空。因为他们的头就要开始发晕了。"

"嗯哼。"

"现在我们把那块牙龈弄干,"他说着扒开我的下嘴唇,用棉花球吸干牙龈上的口水,"现在我们会给你一点氨基苯甲酸乙酯,这是局部麻醉,免得我们拿针往你天真无邪的牙龈里灌上一夸脱的麻醉剂,这样你会失去知觉的。"他又咯咯地笑着,"开玩笑,伯尼。不会这样的,如果你技术高超得足以把针头插进正确的位置,就不用给你的病人用一堆那种玩意儿。哎哟,要知道感恩哪,给你看病的可是天下最好的牙医。"

天下最好的牙医帮我无痛注射麻醉剂,准备好他的高速钻孔机,然后展开他在这场永无止境的蛀牙对抗战中扮演的角色。这些都不痛。真正让我痛的不是肉体遭遇,而是他不断对我说的话。

不过开始时不是这样的。起初一切都很好。

"让我告诉你,伯尼,有我当你的牙医算你走运。但这跟我的运气比起来可就逊色多喽。你知道为什么吗?说来我能当上牙医还真是走运。"

"嗯哼。"

"不只是因为这个职业能让我丰衣足食。妈的,对这点我可没有罪恶感。我的钱是辛苦赚来的,收费又合理。付出几分服务就该得到几分回报嘛。当牙医还有别的回报。你知道,我认识的牙医大半最初都是想当医生,但我可不敢说他们真的想行医。我看一半的原因是他们父母觉得当医生才有出息。有钱,有声望,而且还是在帮助人。能拯救苍生,还有钱有地位,何乐而不为呢,对吧?"

"嗯哼。"

"大声点,伯尼,我听不到。"他咯咯笑,"当然,这是开玩笑的。看看我们弄得怎么样了,你觉得疼吗?"

"嗯哼。"

"当然不疼。天下最好的牙医再创佳绩。话说回来,所有那些想当医生的人全跑到牙科学院去了,也许是因为医学院不要他们——很多高才生都落选了——也许是因为他们看了那些教育和培训计划:四年医学院的学习,两年实习,之后是当住院医生。如果你年纪还小,这些听起来似乎要用掉一辈子的时间。到了我们这种年龄,时间观念自然不同，可这时候就太迟了，对不对？"

我想我和他年龄相仿，三十出头，四十不到。四十岁还没有近在眼前，不至于觉得恐慌。他是个大个子，比我高，或许有六英尺二英寸到六英尺三英寸。一头棕发，夹杂着红色点缀，发型比较短且刻意打理得蓬乱。他的表情坦荡而诚实，脸形又长又窄，凸显出温和的棕色眼睛和下弯的长鼻子，满脸散落着雀斑。一两年前他蓄了男用香水广告里模特儿的那种颇有男子气概的小胡子，颜色比他的头发更红，虽然还没糟糕得让我想建议他刮掉，可如果他能这样做，我觉得会更好。胡子下面是饱满的嘴唇，里面闪现出你能想象出的最好的牙齿。

"总之现在就是有很多内心暗自希望自己是医生的牙医，有些还根本不保密。另外有人念牙科是因为……妈的，不想领救济金就得找点事做，再说这行看来挺不错——工作时间自己决定，收入稳定，没有上司管你，有点声望，等等。我就是这帮人中的一个，伯尼，不过我身上又发生了些奇妙的事。知道是什么吗？"

"嗯哼？"

"我爱上了我的工作。是的，就是这样。我首先认识到牙科是应该解决问题的。当然不是生死问题，我告诉你，对此我无所谓。我他妈的当然不希望病人死在我手里。那种事还是让医生去领教吧。我宁可处理比较小的生命问题，比如这颗牙能治好吗？不管谁来，我先查看一番，然后拍张 X 光片，有问题就当场处理。"

这回我没发出"嗯哼"声。他正滔滔不绝地说得兴起，不需要我再给任何鼓励。

"我他妈的就那么走运才会干上这行，伯尼。我记得我和最好的朋友都曾经绞尽脑汁地想，不知道这辈子做什么好。我选了牙科，他进了药剂系。他的教育过程看来比较容易，潜在收入当然也高得多。有自己的店，发展起来再开分店，妈的，成了生意人，赚大了。有一阵我还在想也许我应该干他那行，可只想过那么一段时间。天哪，你能想象我站在柜台后面卖卫生棉和通便药吗？我没法当生意人，伯尼。我会干得很糟糕的。喂，嘴巴张大点，嗯？太好了，美啊。我会做得一塌糊涂，无聊到发疯。我在什么地方看过，药剂师比其他行业的人活动量要大。是加州做的研究，不知道是真是假。哪有女人会想干药剂师啊，你说呢？"

他的思绪继续向前，而我的心思已经飘到了别处。如果必须有一个听众，那就是我了，我得老老实实坐在那里听着，不过看在上帝的分上，我用不着聚精会神。

然后他又说："所以我他妈的自然不想当药剂师，我还发誓，除了自己我什么都不当。有点自满，是吧？不过很正确。"

"嗯哼。"

"但我也很正常，伯尼。我和世界上的其他人一样，也有幻想。我想过万一牙科不适合我的话,我会干什么。只是假设性的问题。就因为纯属假设,而且我也知道那只是假设,所以就放大胆子胡思乱想啦。我可以选个更需要冒险、更富挑战的行业,虽然我知道我的底线在哪儿。"

"嗯哼。"

"比如,我曾幻想自己是职业运动员。我经常打壁球,也打网球,而且技术不算很差。事实上,近来我在壁球场上的表现还挺不错呢,只不过和职业竞赛还是差距太大,所以我连想象一下那种角色都不行。现实就是有这种问题,总是给最美的幻想浇冷水。"

"嗯哼。"

"因此,我现在想到了一个我喜欢的行当,而且还能在幻想中享受它,因为我对它几乎一无所知。"

"嗯哼。"

"刺激、危险而且曲折离奇,说不定我根本没有那种职业所需的能力和性格,因为它需要具备什么样的能力和性格我都不知道。不过我想应该收入颇丰,工作时间短,又有弹性。而且是独来独往。"

"嗯哼?"这下他可挑起我的兴趣了。听来是我可能感兴趣的类型。

"我想到的是犯罪,"他继续说,"但不是用枪指着人,或者弄得自己被枪指。事实上,我设想的犯罪生涯是完全不用跟人接触的。独自工作,不参加帮派。"他发出咯咯的笑声,"我已经缩小范围了,伯尼。如果我从头再来,而且根本干不了牙医的话,我会当个小偷。"

沉默。

"和你一样,伯尼。"

更多的沉默。寂静。

这话当然让我震惊。我装聋作哑的技术一向高超,可眼下这个克雷格·谢尔德里克,放松先生兼天下最好的牙医,前一秒还在轻声细语地说着他多么热爱他的工作,后一秒却猛然间往我张开的嘴里丢了块砖头,而且再多的麻醉药也无法去除这股震动。

你知道,我向来都尽量把私人生活和职业生涯分开。我从来不跟有案底的歹徒来往——只除了那几次被国家请去做客的时候①,我自由选择交往对象的权利遭到了严重侵犯。我的朋友或许会从办公室顺手摸点文具回家,或买台来历不明的彩色电视机。不用说,他们几乎都会在所得税申报单上做点手脚。可是他们讨生活靠的不是进入公寓偷东西,或者抢劫酒铺和加油站,或者开那些什么空头支票。他们的道德水准也许不比我高,但他们受尊敬的程度绝对远远在我之上。

---

①这里指坐牢。

而且任何一个人都知道，说起受尊敬，我可跟普通人一样。我不经常谈我的工作，而且我跟别人通常都是泛泛之交，所以不谈并不奇怪。在一般人看来，我是在做投资，倚仗一笔虽然不多但显然还算足够的私人收入维生，要么就是在进出口行业做点枯燥但收入尚可的工作，总之差不多就是这样。有时候我会扮演某个精彩的角色，讨好一些年轻的异性。但大部分时候我都是老好人伯尼，口袋里总有几个钱，可又从来不会乱花，而且你打扑克五缺一或者玩桥牌四缺一时找我，我都有空。他们会觉得也许我是卖保险之类的人，不过感谢上帝，我可没找他们推销过。

现在我的牙医显然知道了我是个小偷。身份曝光，这倒不可怕——我住的公寓大楼里有人知道，另外城里也有几个人了解内情。但这件事还是挺吓人的，并且他对我吐露真相的方式也让我很惊讶。

"还是没受住诱惑。"克雷格·谢尔德里克说，"哎呀，我知道你的下门牙差点掉在我的油布上。我也不是故意要吓唬你的，可我忍不住。唉，伯尼，没什么好大惊小怪的。差不多一年前，他们想给你安上谋杀罪名的时候，你的名字上了报，我刚好看到了。罗登巴尔可不是全世界最普通的姓，再说他们还登了你的地址，这些我当然都记下来了，所以看来没错，就是你。那之后你来过几次，我从来没提，因为当时没有必要。"

"嗯哼。"

"没错——可现在有了。伯尼,你想不想大赚一笔?我想不同的贼偷的东西可能都不一样,不过我还没听说过有哪个不爱珠宝的。我说的可不是 J.C.Penny① 专柜卖的垃圾,而是真的珠宝——钻石、翡翠、红宝石,还有很多 14K 和 18K 的黄金,是所有的小偷都急不可待要塞进自己包里的好货。"

我想告诉他,不要想当然地使用所谓的小偷专用术语。可我只说了声"嗯哼"。

"错不了的,伯尼。不过嘴巴还要张大点,嗯?送上门的好事。仔细听我说,你记得克里斯特尔吧?她替我工作过,可那是你来以前。我犯下大错,娶了她,放弃了工作卖力的护理师,换来了一个邋里邋遢的老婆。她也很卖力——卖力地分掉我一半的家产。我知道我跟你说过那女人给我惹的麻烦。无论是谁,只要他的耳朵乖乖待着不动,我都会把这故事原原本本地讲出来。"

哪只耳朵逃得过?如果它刚好和某张嘴巴共用一个头,而口渴先生又正在拼命吸那张嘴里的唾液的话。

"我帮她买了全世界所有的珠宝,"他继续说道,"她说这种投资最好,我就信了。我这人不会理财,伯尼。天生不是这块料。总之她告诉我说应该投资珠宝,说得天花

---

①美国最大的百货连锁商店。

乱坠，而我手头又有些没申报的现金，也不能用于投资股票和债券，总得买些能付现又不必留下记录的东西。要是你打算那样理财，买珠宝倒是挺划算的，相信我。"

"嗯哼。"

"问题就在于我们后来离了婚。她拿到了所有的珠宝，我连上法庭申诉都不行，因为国税局说不定会询问我当初哪里来的钱购买那些珠宝。我也没抱怨，伯尼。钱，我赚了不少。可这会儿那女人一下子得到了价值好几十万美元的珠宝在享受，而且房子也归她，外加格拉梅西公园的公寓和一把进入那该死的公园的钥匙。我只拿到了自己的衣服和牙科设备，最令人无法忍受的是我每个月还要付她一大笔赡养费，直到她归西或再嫁——哪件事先发生都可以，我个人自然希望她早死，而且最好昨天就已经死了。不过她很健康，又聪明地不会再嫁。除非她沉迷于喝酒做爱早早把自己折腾死，否则我这辈子就别想脱离苦海。"

我没离婚，因为我根本就没结过婚。不过，我认识的每个人似乎不是已经离婚、分居，就是在考虑离开家。有时候他们也会抱怨赡养费和孩子的教育费，我都模模糊糊觉得自己是局外人。不过大多数时候我想的都是"谢天谢地"。

"你要把她抢个精光太容易了。"他继续说，然后便告诉我可以怎样展开行动，以及她什么时间最有可能不在家，等等。他讲了很多细节，比我需要知道的还多，不过他只要停嘴喘口气或认真处理我的臼齿时，我就会"嗯哼"一声以示回应。钻牙完成后，他让我漱口，然后开始补牙，这其中我只听到他不停地说这笔买卖有多容易，利润又有多大，不过他强调得最多的还是她有多下贱，恶人就该有恶报。说她坏，我想他是在将自己的行为合理化。显然他认为偷坏人的东西，我会更乐意。其实这对我没什么区别，再说我的理想是偷对我完全陌生的人的东西。想干好这行，就得尽量不带感情色彩。

他还在诉说。这位天下最好的牙医克雷格·谢尔德里克先生不停地讲着，而手上繁复的补牙工作也在继续进行。终于，他的谈话结束，我的牙齿也补好了，口渴先生和现在已经湿漉漉的棉花团全都消失了，接着是几次漱口和吐水，最后再把嘴张大点，让伟人检查一下他的手工杰作。我往后一靠，他站在我旁边——我卷起好奇的舌尖碰了碰整修后的牙齿，他则两手交握，等着问我那迫切的问题。

"怎么样，伯尼？一言为定？"

"不行，"我说，"绝对不行。绝无可能。"

我不是在闪烁其词。我他妈的非常认真。

你知道，我喜欢自己找活干。有很多贼喜欢靠内线消息工作，而且上帝知道，这类消息也不少。销赃的人是主要消息来源，他们时常联络小偷，不只是想得到某些特定的物品，还会把东西的特征和所在地等信息全部提供给对方参考。走这条路极其容易，许多小偷都喜欢。

所以牢里才会塞满这号人物。

原因在于，你跟销赃人打交道，又知道多少内情呢？收赃物的人与众不同，而且无疑其中绝大部分都老奸巨猾。我要是有女儿的话，绝对不允许她嫁给那种人。他们显然是在违法，可犯的罪通常不会让他们坐监受罚，部分原因是很难找到证据定他们的罪，另一部分原因是这种人通常非常狡猾，懂得两面做人从中得利。他有可能买通警察，而如果拿现金或皮草贿赂不成的话，他或许会转而以出卖罪犯作为条件。我可没说接销赃人派给你的活就等于是自投罗网，不过这是我的经验之谈。如果你想干的某桩活儿只有你自己知道，那么又有谁会去通风报信？如果惹祸上身，不是你自己不小心，就是时运不济。

当然我不担心克雷格会设计害我。这种可能性很小。问题是他太爱说话，有事没事就对那些动弹不得的耳朵说个不停，天知道他什么时候会谈起他跟老好人伯尼·罗登巴尔为了对付克里斯特尔干的那件高明的事呢？

嗯哼。

那我又怎么会在某人停止克里斯特尔心脏运动的时候，跑到她的公寓凑热闹呢？

问得好。

是贪心，我想。也许还有部分原因是傲慢。七宗罪中的两宗，加在一起会要了我的命。格拉梅西公园公寓的事做起来似乎只要冒极小的风险、不需要克服特别的安保设施，便能有很大的斩获。这种容易闯的空门数不胜数，可是往往不会有比彩色电视更方便携带的值钱东西。克里斯特尔·谢尔德里克的住处是块上等肥肉，唯一的顾虑是克雷格知道我参与了这件事。但我的银行存款是如此这般——也就是说非常少，这个顾虑就逐渐缩小得看不见了。

傲慢在此扮演了奇怪的角色。克雷格不厌其烦地说当小偷有多酷，如何充满冒险，而这一堆废话最终都归结为"就像你一样，伯尼"，这当然不是没有效果的。我还真觉得自己的职业非常伟大、高超且充满危险和惊奇。所以我才会按捺不住地老是要偷偷溜到别人的住处——再说我唯一受过的训练就是假造车牌，而要发展这项事业就只能待在铁窗后面。

我的脑子里闪过了一个念头，虽然这已经是事后。我可能一直就知道自己会接下这个活儿。我表现得不情不愿，可能是不希望天下最好的牙医从中捞取大笔佣金。也许当时我没有意识到自己有这种想法，不过无论如何，结果倒是很合我的心意。我不知道克雷格原本的目标是多少，反正在说服我改变主意的过程中，他的抽成逐渐变成了我销赃所得的五分之一。可话说回来,这也是公平之至,因为克雷格其实只需要坐在家中的电视机前,根本不用担心正义伸张时被杀或被捕。不过他是业余人士,对这类事情中的分成比例通常没有什么概念,要是我一开始就很热心的话,他完全可以要到一半。

这个话题就说到这里。总之他降到两成时,我强忍住没问他底线到底是多少——显然他主要是希望她失去珠宝,对于分成并不怎么在意。所以我便举了白旗,同意蹚这浑水。

"太好了!"他说,"棒极了。你绝对不会后悔的,伯尼。"

就算在当时,我也希望他没说这话。

我仍坐在牙科椅子上。克雷格走开了,显然是去洗手,准备接待下一位病人。没多久,吉莉安便过来了。她让我再度往后靠在椅背上,在我的牙齿和牙龈上又抠又挖:除牙垢、去牙结石,以及洁牙过程中让人难受的各种项目。

吉莉安不太讲话,这倒没什么。也不是我不爱听她说话,但此时我的耳朵需要休息一下,我的脑子也还有事情要想。开始时我的思绪都集中在克里斯特尔·谢尔德里克的公寓上,以及我该如何进行大扫荡。我不太确定是否应该答应，于是就不断地掐手臂，树立信心和决心，并告诉自己这和在路上捡钱没什么不同。

这些想法无疑颇为有用，不过它们最终还是让位给眼前正在挖探我蛀牙的妙龄美女——说起这事，实际情形其实没有听起来的那么诱人。我不明白为什么人们会对牙科护理师产生美妙的性幻想，反正一直无法避免。也许和制服有关。护士、空姐、领座员、修女——男人的脑子里就是会不断地编织这种缠人的蜘蛛网。

不过即使吉莉安·帕尔是洗衣妇或清扫街道的女工，我也同样会招架不住。这女孩纤瘦娇小，暗色的直发剪得像一个盖在头上的碗，显然是出自内行人之手。她拥有那种令人想起英伦三岛的迷人气色，仿佛被玫瑰红色的光芒照亮的白色陶瓷。她的手和她雇主的不同，很小，手指纤细，闻起来不像煮过的，而是芬芳扑鼻。

她洁牙时习惯靠着病人。这点我不反对。老实说，还相当情愿。

所以清洗过程好像一眨眼就过去了。完事之后，我的牙齿耀眼地展现出只有洁牙后几小时内才可能有的亮度，然后我们便应酬性地说了几句客套话。她似乎已经是第一千次在教我如何正确刷牙——而且每个该死的牙科护理师教的都不一样，每一个又都会发誓只有他是对的——之后便对我眨了眨眼，说道："很高兴见到你，罗登巴尔先生。"

"我也很高兴见到你，吉莉安。"

"听说你要帮克雷格去偷克里斯特尔的珠宝,我很高兴。"

"嗯哼。"

我觉得我应该当时就回绝。时机正对——飞机还在空中,降落伞又在手上。

不过我没有。

事情的发展令我不悦。我守口如瓶的牙医竟然在五分钟之内就破坏了保密系统。想来吉莉安是他信任的知己,而且她很可能在谢尔德里克夫妇俩针锋相对时倾听过克雷格很多的真情告白。鉴于她显而易见的魅力和克雷格喜欢与助手有染的历史,之前我就有过这样的假设。

不过这种假设于事大补小补都无——我祖母肯定不能忍受这样的成语,她使用成语非常严格,就算效果更好也不允许做任何改动。就我个人而言,偷窃计划有一个人知道已经很糟糕了;如果被两个人知道,那真是糟糕十倍,就算那两个人睡在一张床上也是一样。妈的,要是他们睡在一起也许更糟。哪天他们分手了,难保其中一个不会心存报复,把什么事都抖出来。

我花了点时间和克雷格谈了一下,耳提面命地说他如果给那条不安分的舌头打一针麻醉剂,肯定对大家都有好处。他道了歉,答应以后会保持适度沉默,这事我便就此搁下不提。我可不想打退堂鼓，我要看自己到底能不能让这架该死的飞机安全抵达终点。

贪婪和傲慢。这两样东西每次都会把你置于死地。

那天是星期四。之后我出城到汉普顿过周末，在一条捕蓝鱼的小船上度过半天，试图将皮肤晒成古铜色，接着到各处酒吧转了转，投宿在一家名叫狩猎客栈的著名老店。人们说淡季到这里来玩要过瘾得多，我深有同感。时间就这么过着，我还结识了一群迷人的年轻女性。回到我所属的曼哈顿时，已经又多耗掉了一些银行存款，此时我几乎为自己要去偷克里斯特尔的住处这件事而感到庆幸。但也没有因此欣喜若狂，不过嘛，嗯，还算能笑得出来。

星期二和星期三观察地形。星期三晚上打电话到东区六十三街的单身汉公寓集中地给克雷格，再次询问了克里斯特尔的每日行程。我告诉他——不是没有目的——看来星期六晚上是最佳行动时间。

我可没打算等到星期六。第二天——也就是星期四——晚上，我就跟亨丽埃塔·泰勒小姐聊了起来，而且攻陷了克里斯特尔的摇篮。

而且被困在她的衣柜里，在她没有生命迹象的手腕上摸索脉搏。

4

第二天早上十点左右,我正在往一片全麦吐司上抹大黄果酱。这种果酱是从苏格兰高价进口的,我买下它,是因为东西只要装在八角形的罐子里,并且贴了高级标签,我就认定那是好货。虽然这算盘好像打错了,我还是觉得有义务吃光。我把酱抹得很均匀,然后准备把吐司对切成三角形,这时电话响了。

我拿起话筒,吉莉安·帕尔说道:"罗登巴尔先生吗?我是吉莉安,克雷格医生诊所的,你还记得吗?"

"哦,你好!"我说,"真是个美丽的早晨,对吧?诊所怎么样?"

一阵丧礼上才有的沉默。然后她问:"你没听新闻?"

"新闻?"

"我不知道报纸上有没有登。我还没来得及看报。我睡过头了,买了咖啡和丹麦酥就赶到诊所。克雷格九点半有个预约,他向来准时,今天却没露面。我打电话到他的公寓，可没人接，我想他也许还在路上，然后我就打开收音机听到了新闻。"

"天哪，"我说，"到底发生了什么事，吉莉安？"

她停顿了一下，然后便开始连珠炮似的说道："他被捕了，伯尼。我知道这听起来很疯狂，不过千真万确。昨晚有人杀了克里斯特尔，好像是用刀刺死的。半夜里警察就逮捕了克雷格，说他杀了克里斯特尔。你都不知道吗？"

"我简直不敢相信。"我说，把话筒夹在耳朵和肩膀之间，腾出手来把吐司切成四份。我可不希望它变冷。如果非要吃大黄果酱不可，至少吐司得是热的才行。"《纽约时报》没登。"我补充道。其实我还可以顺口说一句《新闻周刊》也没有登，倒是收音机和电视里报个不停。但为了某种特殊原因，我忍住没说。

"我不知道该怎么办，伯尼。我真的不知道该怎么办才好。"

我咬了口吐司，边想边嚼着："我想你首先应该关闭诊所，取消他今天所有的预约。"

"哦，我已经做了。你知道玛丽安吧？我们的接待员。她现在正在打电话。她打完电话我就让她回家，可之后——"

"然后你自己也应该回家。"

"也许。不过总有什么我能帮上忙的地方吧。"

我咽下更多吐司，啜饮了更多咖啡。大黄果酱好像开始对我的胃口了,可是我不敢说吃完这罐后我还会立刻再去买一罐来,不过我的确开始喜欢了。只是配咖啡不太好吃。一壶浓浓的英式早茶,嗯,应该会不错。下次记得。

"我不相信克雷格会杀她。"她说,"她是个不要脸的女人,他恨她,可他不会去杀人。就算克里斯特尔这样的坏女人他也不会杀。"

拉丁语里有句话怎么说的?意思是人都死了,就不要说他的坏话了,我努力想着,但立刻就放弃了。死都死了,就这样吧。差不多就是这意思。

"如果我能和他谈谈就好了,伯尼。"

"你还没有他的消息?"

"什么都没有。"

"他们几点逮捕他的?"

"收音机里没说。只说他被捕并接受讯问了。如果只是问话,他们应该不会逮捕他吧?"

"也许不会。"我没再说话,嚼着涂满大黄果酱的吐司思考起来,"克里斯特尔是几点被杀的?他们提到这个没有?"

"据说尸体是半夜过后不久被人发现的。"

"唔,那他们什么时候抓的克雷格就很难说了。他们也许暂时不会起诉,只是讯问。他有可能坚持要他们起诉,不过他也许不会想到这招。而且他有可能懒得坚持,没有叫律师来场陪同。但事情发展到现在,他应该早就通知了律师。他应该没有刑事律师,但他的私人律师应该会把这案子委托给别人,所以我敢说他现在十之八九已经有个顾问了。"我回想起自己的经历。多年来我用过好几个代表律师,最后才定了赫比·泰尼鲍姆。他和我一向坦诚相待,我随时可以打电话给他,而他也相信我有办法付钱——就算我无法预付订金。他也知道如何找到能通融的法官,如何跟检察官谈条件。但不知怎的,我很怀疑克雷格·谢尔德里克会愿意请他。

"你可以联络克雷格的律师,"我补充道,"问问他事情进展如何。"

"我不知道他的律师是谁。"

"也许他会和你联络,譬如让你取消所有预约之类的。他总不至于理所当然地认为你刚好听到了新闻。"

"那他怎么还没打电话来?已经十点半了。"

因为你在用电话,我想说。不过我只是吞着食物,然后说:"他们可能是天亮后才逮捕他的。不要慌,吉莉安。他被捕了,但现在绝对安全。如果律师到今天下午还没跟你联络,你就打几个电话打听克雷格在哪里。他们说不定会让你见他,或者至少也会告诉你他律师的名字,你就知道该从哪里入手了。别指望克雷格打电话给你。他们会让他打给律师,通常电话特权的范围就这么大。"除非你贿赂警卫,但他肯定不知道该怎么做。"真的没什么好担心的,吉莉安。律师会打电话给你,或者你也能联络到他,总之一定会有结果。如果克雷格是无辜的——"

"他当然是无辜的!"

"——那事情应该很快就可以圆满解决。妻子被杀,他们通常会讯问丈夫。克里斯特尔的生活很不检点,我听说——"

"她是个荡妇!"

"——所以有可能不少男人都有很好的动机和机会去杀她,而且没准她还把陌生人带回家——"

"就像《寻找顾巴先生》① 一样!"

"——所以说嘛,这案子的嫌疑人肯定和爱尔德里奇街的蟑螂一样多,天下最好的牙医应该马上就可以回来钻牙补洞了……"

"哦,希望如此!"她吸口气,"他就不能保释吗?大家不是都保释的吗?"

"罪名是一级谋杀的话可不行。犯了一级谋杀罪的人不能保释。"

"好像不太公平。"

"人间很少有公平的事。"更多的吐司和咖啡,"我看你就坐着别动,吉莉安。在诊所或在你的公寓里,反正哪儿舒服你就待在哪儿。"

---

① 《寻找顾巴先生》(Looking for Mr. Goodbar),美国电影,一九七七年出品。影片描述的是一名背部有残缺的女教师,晚上到酒吧找寻性伙伴,不料惹祸上身,最后引起了一场暴烈的大屠杀。

"我害怕,伯尼。"

"害怕?"

"我不知道我怕什么、为什么怕,可我真的很害怕。伯尼?"

"什么?"

"你能过来吗?这听起来也许有些疯狂,可是我不知道还能找谁。我不想一个人待着。"我犹豫起来,当然部分原因是我的舌头上还有没咽下的食物。然后她说:"算了,当我没说吧。我知道你忙,这是强人所难,而且——"

"我马上就到。"

有件事得弄清楚。我答应到克雷格位于中央公园南区的诊所,可不是因为我兴致勃勃地想把头探进狮子口,或者钻进这头野兽对我大张的另一个入口。而且,我跑这趟也不是因为我忍不住回想起吉莉安洁牙时靠着我的曼妙感觉,或者她的手指尝起来有多香甜。

表面看来,我和此案保持距离好像于我有利。毕竟我是小偷,按说大有嫌疑。而且我和克雷格·谢尔德里克的关系不过是医生和病人,属于泛泛之交,而以我和吉莉安目前的交情来看,她碰到难处要寻找安慰,说什么也不应该轮到我。而且直到今天早上之前她还只叫过我罗登巴尔先生，看来我似乎应该保持低调。

不过从另一方面来看——事情总有两面——不管是谁刺中了克里斯特尔的心脏，这人还带走了那箱珠宝。我其实已经把那堆珠宝当成了我的，而且这个想法至今未变，所以我当然要把它们追讨回来。

话说回来，我要的可不只是珠宝。你也许还记得，这些贵重物品是放在我拎进公寓的公文包里的。按说肯定没人能把它和我联系在一起——毕竟当初那也是我偷来的。但那该死的东西里面有没有印满我的指纹就不好说了。外面是超级亮皮——和克里斯特尔·谢尔德里克的手腕一样不会留下指纹，但里面是某种胶皮或人造皮革，不是没有可能印上指纹，再说里面还有金属镶边，所以我不难生动地想象出警察踢开我的门，逼问我装满克里斯特尔珠宝、印着我指纹的箱子怎么会跑到杀人嫌疑犯的家里去。

他们如果抓到他，我就可能有麻烦了。而如果没有抓到他，这人就会白白拿了我的赃物。要是天下最好的牙医还真的犯下了天下最愚蠢的命案，从而导致他们没有别人可抓，呃，那我也前景堪忧。因为这样一来，克雷格就会把我装在盘子上端出去。"我向他提到她有很多珠宝，而且喜欢四处乱放，你知道，他听了好像挺有兴趣。后来我才想起在哪里看到过他是个贼，还曾经牵扯过命案，我做梦也想不到他会洗劫可怜的克里斯特尔的公寓……"

这个剧本我都可以帮他写了，而且从他一个星期前引我上钩的手法来看，他念这段台词的功力大概也不会差。也许这还不足以把他救出火坑，但肯定会把我拖进热锅和他一起受煎熬。

事实上，就算他是无辜的，也可能会使出这招。如果没有其他嫌疑人出现，他就会惊慌。他也可能像我对他一样，对我心存怀疑，或者根本就认定是我提前两天洗劫了克里斯特尔的公寓（这倒没错），然后一时慌了手脚错手杀了她。而且他可能只是认为我们的交易迟早都会曝光，就觉得最好提前撇清嫌疑。

总之，有很多可能性会让我惹祸上身。

再说我又挺喜欢克雷格·谢尔德里克的。如果当上了天下最好的牙医的病人，你是不会随便放弃的，不会在街上随便找个窗口挂了无痛拔牙广告的小丑。克雷格一直很好地照顾我的嘴巴，我希望他能继续下去。

还有，吉莉安是个年轻貌美的女士。听她叫我伯尼比叫我罗登巴尔先生——我总觉得这个称呼过于正式——要受用多了。再说她的手指又发出那种好闻的香味，而且假设这味道是发自全身而不仅仅是手指好像也挺合理。当然，吉莉安是克雷格的情人，但我无所谓，我本来也无意色迷迷地去破坏别人的关系。我不是这种人。我只偷现金和没有生命的东西。同样，喜欢亲近某位年轻女性并不代表就是对她有所企图。再说如果克雷格真的被证明有罪，吉莉安就会同时失去工作和爱人，而我也没有了牙医，我们又有什么理由不能相互安慰呢?

美梦编织得太虚无缥缈了。现在有个恶贯满盈的杂种不肯放克里斯特尔·谢尔德里克一条活路。他甚至一不做二不休,还把我偷的珠宝也顺走了。

我要找他算账。

5

"你真厉害,伯尼。"

我得承认我曾经在梦里希望吉莉安对我说这几个字,而且语调也差不多就是现在这样,但听到这话时我还没挂断电话。在梦里,我听这话时是平躺着的,可这会儿我直直站立着,正把话筒放回接待小姐玛丽安桌上的话机上。玛丽安今天已经没事了,而克雷格·谢尔德里克可不是。他还在铁窗后面——刚才那个电话确定的就是这一点。

另外几个电话透露了其他几件事情。克雷格的律师叫卡尔森·弗瑞尔,事务所在城里。弗瑞尔已经请到了一位名叫埃洛尔·布兰肯施普的刑事律师在这桩特殊案件中代表克雷格——这是弗瑞尔事务所工作人员的用词。电话簿上的登记内容显示布兰肯施普的事务所位于麦迪逊大道三十几号。我试了电话,没人接。如果他家有电话,想来不是在曼哈顿之外,就是没有登记。我放弃了。看来他或许在法庭,他的秘书则决定延长午休时间以示庆祝。

克雷格今天早上六点半左右在他上东区的家中被捕。这种时刻往往没什么好事，而遭警方逮捕自然不能算是好事。他们让他刮了胡子，把睡衣换成外出服。我希望他懂得要穿便鞋，问题是有多少正直的公民能想到这一点？入狱后他们倒也不一定会把你的鞋带扯掉，不过隔三岔五的总有个傻瓜企图把自己勒死，搞得你只好拖着鞋子啪啦啪啦地走。

不过，在他要担心的事情中，这件也许排在最后。

这会儿他身处市中心中央大道一幢充满敌意的建筑中，被关在一间牢房里。我看他可高兴不起来。我也不知道那里有谁高兴过。我打听过能否探视，对方的回答模棱两可，说他觉得或许可以，但我为什么不亲自造访确认一下？不管最后判决如何，要我重访那个阴森森的机构可是门儿都没有。我过去拜访过几次，那种经历可没让我急着想回去重温旧梦。

"你真厉害，伯尼。"

事实上，她并没有再说这话，是我自己重复了一遍，以便将故事贯穿起来。我的回答是：别傻了，我没那么厉害，而且就算我偶尔在其他领域有过还算精彩的成果，在她面前我可还没有过什么优异的表现。暂时还没有。

"你自己也可以打那些电话，查出同样的信息，"我说，"你只不过没有这方面的经验罢了。"

"我连该怎么做都不知道。"

"你可以想出来的。"

"而且我一打电话牙齿就打战。我有时候真是紧张得要命。我不太会跟人谈话。我有时帮病人洁牙好像太安静了。他们没法说话,而我又怎么都无法开口。"

"相信我,有克雷格那张马达嘴,你的沉默简直是天赐的福音。"

她咯咯地笑起来,笑得非常迷人,这和早晨的太阳选择从东方升起一样,我一点也不惊讶。"他的话是很多,"她点头同意,仿佛终于狠下心来承认独立钟[①]上有道裂缝,"但他只对病人这样,一个人的时候很害羞、很安静。"

"呃,他当然不至于自言自语。"

"你说什么?"

"独自一人,谁不安静?"

她想了想,然后脸红了,红得很好看——我还以为这项艺术已经绝迹了呢:"我是说他单独和我在一起的时候,很安静。"

"我明白你的意思。"

"哦。"

"我在耍嘴皮。抱歉。"

"哦,没关系。我只是——今天早上脑子不太灵光。我在想我该怎么办。你说我能去看克雷格吗?"

[①] 指美国费城独立厅的大钟,一七七六年七月四日鸣此钟宣布美国独立,一八三五年被损坏。

"不知道他能不能见访客。你可以过去看看,但最好事先多了解一点内情。如果我们知道他们掌握了多少证据指控克雷格,那么做下一步打算也会更方便。"

"你觉得他们胜诉的可能性大吗?"

我耸耸肩:"这很难说。如果昨晚他有不在场证明的话,对他就有利,但如果是这样,这会儿他应该已经被放出来了。我……呃,我看他昨晚没跟你在一起吧?"

她又脸红起来了,这也很难免。"没有,"她说,"我们昨晚一起吃的晚饭,之后因为有事就各走各的了。我们大约是九点分开的,各自回家。"

"嗯哼。"

"哦!"她的脸色忽然亮了起来,"上床前我和他通过电话。我记得当时在播约翰尼·卡尔森的节目。也没说什么特别的事,只是互道晚安,但他那时在家。这算是不在场证明吗?"

"是你打给他的?"

"他打给我的。"

"那可算不上什么证明。只有他知道是从哪儿打给你的。警方可不认为杀人凶手会在意对一个漂亮小姐撒谎。"

她又开口说话了,然后在下嘴唇上咬出一个猩红的小印子。嘴唇颜色诱人,令人垂涎。要是让我咬一口,我是不会反对的。

"伯尼?你该不会认为是他杀的人吧?"

"我很确定他没有。"

"为什么?"

我是有理由,但最好还是保密。"因为他不是那种人。"我说,这话显然正合她意。她开始讲述天下最好的牙医克雷格·谢尔德里克这个话题,把他说成了一个我还真想会一会的人物。

我决定改变话题。"我们知道他无辜,对他的帮助并不大,"这是一种转变的方法,"得警察知道他无辜才行,而最简单的办法就是:他们知道还有别人有嫌疑。而除非你上了东方快车,否则一具尸体通常只对应一个凶手①。"

"你是说我们应该自己动手办案?"

是吗?"呃,我还没想到这一点,"我边说边找退路,"但我希望能多了解内情。我想知道案发时间,也想知道克里斯特尔近来和哪些男人交往,而她被杀害的时候,他们又在哪里。另外我也想知道谁有强烈的动机。克雷格的动机是不少,这事你知、我知、警察知,可是像克里斯特尔·谢尔德里克那样交游广泛的女人,肯定有几个敌人。说不定是她哪个情人的太太或女友打翻了醋坛子。总之可能性多得数不清,天知道该从哪儿开始。"

她看着我:"幸好我打了电话给你,伯尼。"

"呃,天知道我能帮上多——"

---

①阿加莎·克里斯蒂的小说《东方快车谋杀案》中,一具尸体有多个凶手。

"我真庆幸。"她的眼睛发亮,接着她的眉头忽然皱了起来,眼睛眯起。"我刚刚想到一件事,"她说,"你原本打算周六晚上到克里斯特尔的公寓行窃的,对吧?设想一下,要是凶手选了那个时间动手,结果会怎样?"

我们就不要想象这种事情了吧,吉莉安。"但克里斯特尔昨晚在家,"我提醒她,小心翼翼地帮她换挡,把她引向安全的方向,"我无论如何都不会在那时去的。"

"哦,对啊。我只是想到——"

不管她想到了什么,她没有机会把那句话说完,所以也永远不会留下记录。这时传来清脆的砰砰声,有人在用力敲打外面大门的毛玻璃。"开门,"是颇具权威的职业化的声音,而且还做了补充说明——依我看有些多余——"警察。"

吉莉安脸色煞白。

我呢,则做了这种情况下唯一能做的事——毫不犹豫地抓住她的肩膀将她拉过来,和她热烈拥吻。

敲门声还没停。

呃,去他的。我们的热吻还没结束。

6

我不知道吉莉安有没有不知所措,但她显然有些困惑。她的脸上有欣喜和惊讶,而且显然很震惊。我提过她的眼睛吗?它们是褪了色的干净的牛仔蓝,很大,之前我都没注意过它们这么大。

砰砰砰。

"伯尼!"

"是警察,开门。"

我还搂着她的肩膀。"我是你的男朋友。"我急切地耳语道,"你不是克雷格的女朋友,是我的,所以才会叫我过来。我们刚才只是和平常一样亲热了一下。"

她的嘴巴张成O形,眼睛里闪出恍然大悟后的光芒,不停地点头,表示同意。我指着门时,她已经在向那儿移动了。我迅速从玛丽安桌上的盒子里抓起一张舒洁面巾纸。门打开,走进来一对便衣警察时,我已经在擦吉莉安猩红的唇印了。

"很抱歉打扰了。"高一些的那位说道。他的肩膀比一般人要宽，双眼分得很开，仿佛在子宫里时想过要变成双胞胎，可又在最后关头改变了主意。他的语气听起来完全没有抱歉的意思。

"我们是警察。"另一位说道。七月大停电时有人说过"外面一片漆黑，对吧"，那是我听过最没有必要的废话，这句"我们是警察"紧跟其后，排名第二。

首先，他们在锁着的门外就讲得很清楚了。更何况他们看起来就是这种角色。矮的那个偏瘦，一头黑色鬈发，小小的黑色八字胡修得很不专业，没有一个好莱坞导演选角时会找他扮演警察。他更像是会在倒数第二幕去告密的黑帮分子。不过他站在你面前，看起来就像警察，宽肩膀的那个也一样。或许是因为他们的姿态，或许是因为面部表情，或许是因为他们刻意表现出的内在自我，反正所有的警察看起来都像警察。

这一对开始自我介绍起来。大块头的"花岗岩"姓托德拉斯，贼眉鼠眼的小个子姓奈斯旺德。托德拉斯是警探，奈斯旺德是巡警，他们就算有名字，那也得保密。我们也提供了名字，连名带姓，然后托德拉斯就要吉莉安拼出她的名字。她一边拼，奈斯旺德一边记录到一本卷了角的笔记本上。托德拉斯问吉莉安的昵称，吉莉安说她没有。

"呃，只是例行公事。"托德拉斯说道。在这两人组里他好像很自然就是领头的,清出一条路让鼠头鼠脑的奈斯旺德钻过去。"想来你已经听说你老板的事了,帕尔小姐。"

"收音机里报道了。"

"呃,嗯,恐怕他会有一阵都抽不出空来了。嗯,诊所你已经关了。打电话取消他的预约了吗?"

"今天的全都取消了。"

两人交换了一下目光。"也许你应该把这个月的都取消。"奈斯旺德建议。

"或者今年的。"

"对。看来他这次是闯下了大祸。"

"也许你最好就此结束营业。"托德拉斯说道。

"也许是该这么办。"

"另外找个雇主。"

"找个觉得离婚就行,大可不必杀人的老板。"

"或者找个杀了前妻又可以逍遥法外的。"

"对,就是这样。"

"没错。"

这两人一来一往的,真令人叹为观止。他们好像在排演相声,正式上演前找个小房间练习练习。我们算是暖场的观众,被他们充分利用起来。

吉莉安好像不觉得他们很滑稽。她的嘴唇微微颤抖起来,下嘴唇上的唇膏比平时要淡一些。她的眼睛雾蒙蒙的。我是你的男朋友，我想着，并努力把这个信息传递给她。克雷格只是你的老板。还有，看在上帝的分上，不要叫他克雷格。

"难以置信。"她说。

"相信吧，帕尔小姐。"

"没错。"奈斯旺德的声音传来。

"可他不会做那种事。"

"这很难讲。"托德拉斯说。

"他们每次都会把你骗得团团转。"

"可谢尔德里克医生没有杀任何人！"

"他是没有杀任何人。"奈斯旺德说。

"他杀了某个特定的人。"托德拉斯说。

"也就是他老婆。"

"这可很特定。"

吉莉安皱起眉头，嘴唇又抖起来。我还真佩服她使用的嘴唇发抖这项技术。也许是真的，也许她根本不自觉，不过放在整出戏里看，效果甚佳。也许不像托德拉斯和奈斯旺德一样抢戏，但也充分传达了她的意思。

"在他手下做事很好。"她说。

"为他工作很久了吗，帕尔小姐？"

"挺久了。我就是这样遇到伯尼的——就是罗登巴尔先生。"

"你和罗登巴尔先生是通过医生在这儿认识的？"

她点点头:"他是这里的病人。我们在这儿认识,开始约会。"

"所以今早你预约了看牙,对吧,罗登巴尔先生?"

不对。很诱人的回答,也许吧,不过是错的,而且他们一查预约登记簿就会知道真相。既然撒个小谎可以瞒过去,那又何必动用弥天大谎呢?

"没有,"我说,"帕尔小姐打电话给我,我刚好没事,可以过来陪陪她。她非常焦虑,不想独自待在这里。"

他们互相点点头,然后奈斯旺德做了笔记。或许记的是时间和温度吧。

"我看你当他的病人也有一段时间了,罗登巴尔先生。"

"两年。"

"见过他前妻吗?"

呃,我们从来没被正式引见过。"没有,"我说,"我想没有。"

"婚前她是他的护士,对吧?"

"他的护理师。"吉莉安纠正道。两人瞪眼看她。我说据我了解,谢尔德里克太太嫁给他时便辞掉了工作,而我开始找他看牙时,她已经不在诊所上班了。

"挺好的交易。"奈斯旺德说,"嫁给老板,这可比娶了老板的女儿还划算。"

"除非老板把你宰了。"托德拉斯说了另一种可能性。

我们的谈话便以这种风格继续进行着。我偶尔会插几个试探性的问题，好让他们一路表演下去，另一方面也借机打探到一点信息。

信息：法医判定死亡时间是在午夜到凌晨一点之间。你知我知，克里斯特尔死在十点四十九分，也就是差十一分十一点，但我不知道该如何提供这条信息。

信息：没有强行闯入的迹象，看不出任何东西被移出了公寓。结合所有事实来看，凶手应该是在克里斯特尔同意的情况下进门的。她的穿着颇为随意，连浴帽都戴在头上，因此可以假设凶手至少应该是她的熟人。

这我同意。没有强行闯入的迹象，当然，因为我打开锁里的制动栓时，通常不会留下痕迹。看不出遭人洗劫，只是因为东西没被翻乱，抽屉没被拉开，没有业余小偷或匆匆离去的惯偷会留下的蛛丝马迹。不管是谁杀了克里斯特尔，他原本可以把公寓搞得像一群地狱天使来这里住了个把月一样，但在我的帮助下，他做事变得异常容易——他上门前我已经搜罗好所有的赃物并帮他打包完毕了。天哪，真是气死人！

信息：克雷格无法说清楚他老婆被人杀死时，他在什么地方。如果他曾经提起和吉莉安共进晚餐，那么消息并没有传到托德拉斯和奈斯旺德的耳朵里。吉莉安是老板的女朋友，而我只是个和善的普通小偷，这事他们最终肯定会发现，只是时间问题。所以我早晚会惹上麻烦，这个念头已经成为我的肉中刺、心中虑。不过谢天谢地，眼下还没事。与此同时，克雷格当时告诉他们说那天他自己在家里静静地度过了一晚。很多人的很多晚上都是在家里静静度过的，但就是那种晚上最难查证。

信息：有人——我想是某个邻居——声称命案发生前后，看到一个符合克雷格外貌特征的人离开格拉梅西公寓。我没问出那人具体是什么时间被人看到的，他当时是离开那幢建筑还是那套公寓，是谁看到了他，目击者对时间和对象的认定到底有多大把握。任何人都有可能看到和克里斯特尔上床的男人、杀人凶手，甚至伯尼·罗登巴尔本人从洗劫一空的屋子匆匆逃逸。

克雷格也有可能是凶手。我只知道凶手有两条腿，而且沉默寡言。如果贾利·库珀[①]还活着，说不定就是他。或许是马塞尔·马尔索[②]。或许是克雷格，一反常态地没开金口。

"我们可以进办公室看看吧？"托德拉斯说。吉莉安解释说我们现在就在办公室里，他说："呃，我好像也不知道该怎么说。我是指他平常工作的地方。"

"嗯？"

"有一张往后倒的椅子。"奈斯旺德说。

[①] 贾利·库珀（Gary Cooper, 1901—1961），美国西部片明星，常演不爱说话的角色。
[②] 马塞尔·马尔索（Marcel Marceau, 1923—2007），法国默剧演员。

"可以看到所有的钻子。"

"还有工具,那些顶上装了可爱小镜子的棒子,还有从人家牙龈底下挖出牙垢的那些东西。"

"哦,对。"托德拉斯说着,似乎在回忆什么,笑了起来。他的牙齿又大又白又整齐,就像好国王温瑟拉斯①往宫外探头时看到的白雪——这句儿歌可能背得不对,但你一定懂我的意思。他分得很开的眼睛如同车头灯一样,在他笑起来的嘴巴上方闪闪发亮。"还有那个把你的所有口水都呼噜呼噜吸光的玩意儿。可别忘了那个东西。"

"那是口渴先生。"

"嗯?"

吉莉安把我们领到克雷格做手工、解决众人问题,然后把他们送出门去和坚硬的牛排或牛轧巧克力对抗的地方。两名警察滑稽地把椅子前倾后斜,还模仿科隆克特医生②拿着钻子相互比画,但很快他们便拉下脸来,打开装着钢制工具的抽屉橱柜开始办正事。

"这些东西真有趣啊,"小个子奈斯旺德说道,伸直手臂拿过一把吓人的小凿子,"这玩意儿叫什么名字?"

吉莉安告诉他,那是从牙齿上刮牙垢的凿子。他点点头,说这事想必挺重要。她说重要极了,否则会发炎,骨

---

①好国王温瑟拉斯(Good King Wenceslas),一首圣诞歌曲里的主角,圣诞节时他会出来给穷人发救济品。
②科隆克特医生(Dr. Kronkheit),美国歌舞喜剧片里的角色。

头会被腐蚀，得牙周病，最后满嘴不剩一颗牙。"大家都认为蛀牙才是严重的，"她解释道，"其实就算牙齿再好，牙龈有问题，牙齿也会保不住。"

"这些牙可真美，"托德拉斯真诚地说，"可是恐怕你的牙龈得下台了。"

这话惹得我们笑成一团。奈斯旺德和托德拉斯轮流举起各种工具想认识它们。这是凿子，那是牙科手术刀，还有好多数不胜数的玩意儿，幸好仁慈的上帝让我根本想不起它们的名字和用途。

"所有这些东西，"托德拉斯说道，"都有个基本共同点，对吧？比如它们都成套，只不过没有装在同一个盒子里，以便让人知道它们全都在。现在它们只是被排放在抽屉里而已。医生是成套买的吗？"

"没错，是可以成套买。"

"他是这样做的吗？"

吉莉安耸了耸肩："不一定。我来这上班之前很多年他就开了这家诊所。当然有些工具可以单独买到，虽然这些都是高级钢制品，可意外总是难免，凿子会掉在地上折弯，手术刀会起凹痕。每种用具我们手边都有几套备份，因为看牙一定要有合手的工具。我是护理师，不用处理文书，但我知道我们偶尔会重买些零散的工具。"

"可它们全都一样。"奈斯旺德说道。

"哦，也许看起来是吧，但凿子弯曲的角度会有细微的差别,要不就是——"

她停下来是因为他在摇头,不过说话的是托德拉斯。"它们的柄全是六面体,"他说,"是同一家厂商做的。"

"哦。对,没错。"

"哪家厂商,帕尔小姐?你知道吗?"

"赛尼克眼科与牙科用品供应商。"

"你能拼一下吗,帕尔小姐?"她拼出来,奈斯旺德做了笔记,他套上笔帽,然后翻过一页。与此同时,托德拉斯则从口袋伸出大手,摊开手掌露出一把牙科用具,它看起来和吉莉安说的手术刀很像。以前我也有把类似的刀,但品质没那么好,那是我小时候一组美工刀里的,我以前用它在木头上削出过一只可怜巴巴的没有翅膀的小鸟。

"这你认得吗,帕尔小姐?"

"是牙科手术刀啊。怎么了?"

"你们的?"

"不知道,有可能。"

"医生有几把这种型号的,你知道吗?"

"不知道。应该不少。"

"他离开诊所时带走过吗?"

"为什么要带走?"

他们再度交换目光,颇具意味。

"我们在克里斯特尔·谢尔德里克的公寓找到了这把。"奈斯旺德说。

"事实上是别的警察找到的。他说'我们'的意思是指我们警方。"

"事实上是在克里斯特尔·谢尔德里克的身上找到的。"

"事实上就插在她的心脏里。"

"事实上,"托德拉斯——或许是奈斯旺德——说,"这就叫罪证确凿,真相大白,对吧?依我看,你的老板是怎么也无法脱身了。"

吉莉安大受刺激。不过我听了却毫无反应,因为当初我像个白痴一样摸着克里斯特尔的手腕把脉时,就看到了那个六面体的刀柄竖在她的双峰之间。我知道最终他们会查出那是克雷格的工具,或者是几乎可以乱真的复制品,而且我也考虑过是否要把它带走。

不过,不这样做的理由非常充足。其中最有力的一个,是以我的走运程度,我很可能在把凶器塞进口袋后便会和警察撞个正着。让人逮住你携带偷窃工具已经够糟糕的了,要是你还身怀凶器,那恐怕就真要完蛋了。

再说,依我的看法,手术刀恰恰证明了克雷格是无辜的,有人成功设下了天下第一愚蠢的嫁祸之计。克雷格知道手术刀一定会让警察立刻将矛头指向他,那他为什么又要用它去杀他老婆呢?而且,如果他的品位和智慧真让他沦落到去动用手术刀,那么杀人后为什么不拿走凶器,而是让它竖在他老婆身上呢？无论警察根据哪条线索办案，迟早都会找到他身上，可我如果拿走了手术刀，之后精明的法医鉴定结果却证明伤口是牙科手术刀造成的，呃，那克雷格可就浑身是嘴也说不清了。

所以我把它留在原处没动，现在则是在尽最大努力假装我是头一回看到此物。"哇，"我张大嘴巴说道，"这是凶器？"

"正是。"

"直直插进她的心脏。"奈斯旺德补充道，"没错，就是凶器。"

"一定是当场死亡。"

"根本没流什么血。干净利落，痛痛快快，不着痕迹。"

"哇。"我说。

吉莉安处于崩溃的边缘，我真希望她不要反应过度。想到老板犯下的命案，她当然应该震惊，可如果他们只是雇主和员工的关系，震惊程度也应该有限。

"我实在无法相信。"她说，伸手想去碰手术刀，结果又缩了回去，指尖差一点触到发亮的金属。托德拉斯大笑起来，把手术刀放回口袋，奈斯旺德则从他外套衬里的口袋掏出一个牛皮纸信封，开始在一大托盘的工具里翻拣手术刀。他装了四五把到那个信封里，舔舔封盖，粘上，在上面写了什么。

吉莉安问他在干什么。"证据。"他说。

"检察官在法庭上会说明医生有和凶器大小形状一样的手术刀。你有没有仔细看过，帕尔小姐？有没有什么特征，比如你可以认出的凹痕或刮痕之类的？"

"刚才那把刀我看过了，认不出来——如果你是这个意思的话。它们全都一个样。"

"你仔细看看，也许会注意到什么。托德拉斯，你让咱们的帕尔小姐再看一眼吧，嗯？"

吉莉安并不想看。但她还是强迫自己看了，然后宣称看不出有特别眼熟之处，说它看起来跟诊所用的完全一样。不过，她补充说全国的牙医都用赛尼克的产品，非常普遍。如果他们调查纽约各个牙科诊所，应该可以找到成千上万把。

奈斯旺德说他相信的确如此，但只有一个牙医有明确的动机要杀克里斯特尔·谢尔德里克。

"可他很喜欢她啊，"她说，"他希望可以跟她复合。我看他一直都爱着她。"

两个警察互相看了一眼，这我可不怪他们。真不明白她怎么会提起这个话题，不过警察还是恪守职责，打算盘问清楚，问她克雷格想要破镜重圆是怎么回事。她信口胡编了一通，还算能自圆其说，可令她沮丧的是，托德拉斯认为这样看来克雷格又多了一个杀人动机。"他想复合，"他说，"而她不屑一顾，于是他因爱生恨，杀了她。"

"'男人杀掉心爱之人,'"奈斯旺德引经据典,"'各位细听此言。懦夫杀之以吻。勇士杀之以剑。牙医则杀之以手术刀。'"

"完美。"托德拉斯说。

"奥斯卡·王尔德。"

"说得好。"

"除了牙医用手术刀杀人的那部分,奥斯卡·王尔德没说过那句话。"

"我说嘛。"

"是我自己加的。"

"就是嘛。"

"似乎很合韵。"

"可不是嘛。"

我觉得吉莉安快要尖叫起来了,她的双手扭绞成小小的拳头。撑住,我想告诉她,因为插科打诨会让他们分心,忘记要紧的事,而且很快他们就会离开,走出我们的生活,然后我们就可以上演自己的戏码。

可是她似乎没在听。

"等一等!"

他们扭过头瞪着她。

"你们等一等!我怎么知道那玩意儿真是你们带来的?那把手术刀!我根本没看到你们把它从口袋里掏出来。说不定是你们趁我看别处的时候,从托盘里拿的。说不定人家说警察腐化全是真的。陷害民众、伪造证据，还有——"

他们还在瞪着她，而她也差不多就在这个时候没了词儿。依我说，没关系。我希望——这不是我年轻生命里第一次这么想了——有个方法可以停止记录生命的宇宙录音机，倒一下带，把之前那段抹掉。

但这不可能——这一点奥马尔·凯亚姆[①]早在录音机发明以前就解释过了。移动的手指写下了一切，而亲爱的小吉莉安则放手给了我们那根移动的手指。

"这把牙科手术刀，"托德拉斯说着又拿起来给我们看，"事实上并不是在克里斯特尔·谢尔德里克的胸膛上找到的那把。我们有证物守则之类的规定，凶器不能随便带走。让那位女士送命的手术刀这会儿正贴着标签躺在化验室里，由穿着白色制服的人检查血型，做他们该做的事。"

吉莉安没出声。

"我的搭档给你看的手术刀，"奈斯旺德插话道，"是我们在来这儿的路上，顺便到赛尼克眼科和牙科用品供应商那儿买的。这把和凶器一模一样，我们随身带着进行调查会很方便。所以我的搭档可以把它放进口袋，需要的时候随时可以拿出来。这不是证物，他也不可能用它伪造什

[①] 奥马尔·凯亚姆（Omar Khayyam, 1048—1122），波斯诗人、数学家和天文学家，《鲁拜集》的作者。

么。"

托德拉斯大笑起来,手术刀再次消失。"纯属好奇,"他说,"也许你可以告诉我们,昨晚你是怎么过的,帕尔小姐。"

"我怎么——"

"你昨晚做了什么?除非你不记得了。"

"昨晚……"吉莉安说道。她眨着眼睛,咬咬嘴唇,恳求似的看着我。"我吃了晚餐。"她说。

"一个人吃的?"

"和我一起,"我说,"这你也要记录?为什么?吉莉安没有嫌疑吧?我还以为你们已经确定谢尔德里克医生是头号嫌疑人了呢。"

"没错。"托德拉斯说。"只是例行公事。"奈斯旺德补充说,他那张黄鼠狼一样的脸显得更狡猾了,"所以你们是共进晚餐的?"

"是的。亲爱的,那家餐馆叫什么名字来着?"

"贝福地。可是——

"贝福地。是的。我们应该是在那儿待到了九点,九点左右吧。"

"然后你们就回家静静地度过了一晚?"

"吉莉安回家去了,"我说,"我到麦迪逊花园看了拳击比赛。我到的时候比赛已经开始了,不过我看了三四个回合,还有主赛。吉莉安不爱看。"

"我不喜欢暴力。"吉莉安说。

托德拉斯好像动都没动就向我靠近了。"这样看来,"他说,"你是可以证明你去看过拳击比赛了?"

"证明?我为什么要证明?"

"哦,只是例行公事,罗登巴尔先生。你是和朋友去的吗?"

"不,我一个人去的。"

"是吗?可你总会遇到个熟人吧?"我想了想,"呃,赛场里那些老看客是在:皮条客、毒贩和观众。但我只是个拳击迷,那些人我都不认识,只不过看到他们就知道罢了。"

"嗯哼。"

"我还和旁边那人聊了几句,说的都是拳击手之类的话题,但我不知道他的名字,而且天知道我还能不能认出他来。"

"嗯哼。"

"对了,我为什么要证明我在哪里?"

"例行公事,"奈斯旺德说,"这么说来你无法——"

"哦,"我很聪明地说,"哎呀,还真不知道票根在不在呢,好像没有扔掉啊。"我看看吉莉安,"昨晚我是穿的这件外套吗?应该没错。我可能把票根扔到垃圾桶里去了,要不就是上床前清理了口袋。可能在我公寓的废纸篓里。该不会——哦,有个东西。"

然后，魔法般地，我掏出了一张昨晚在麦迪逊广场花园看拳击比赛的橘色票根给奈斯旺德看。他阴沉着脸看了一眼，然后把它交给托德拉斯，而托德拉斯看了似乎也不太高兴——虽然他脸上带着笑。

票根平息了眼前的事情。他们知道凶手已经关在了牢里，也没怀疑我们，可是吉莉安惹怒了他们，肯定会受到一点报复。他们回到原先较为温和的询问方式，打算在继续进行前先把笔记本上的资料总结一下。现在我可以放松下来了，只是在他们真的离开以前，还不能彻底放松。就在他们看样子要走的时候，托德拉斯举起一只大手在他的大脑瓜顶上不停地挠着。

"罗登巴尔，"他说，"伯尼·罗登巴尔。见鬼，我在哪儿听过这名字？"

"哦？"我说，"不知道啊。"

"你做哪一行的，伯尼？"

警铃响起。他们开始叫你名字的时候，意思就是他们已经把你定位成了一个罪犯。只要你在他们眼里还是个公民，就一定是罗登巴尔先生，可他们叫你伯尼的话，眼睛就得擦亮一点了。我看托德拉斯连自己在说什么都没搞清楚，不过我可听得真切，看来这层冰稀薄起来了。

"我做投资。"我说，"共同基金，开放式房地产信托基金。不过真正的重点是房地产规划。"

"对了。罗登巴尔，罗登巴尔。我知道这名字啊。"

"不知道你是从哪儿听来的,"我说,"除非你是在布朗克斯长大。"

"你怎么知道的?"

你的口音啊,我心想。不管是谁,只要他听起来像《拉芙妮与雪莉》①里的佩妮·马歇尔,那他就肯定在那里长大。不过我说的是:"哪个中学?"

"什么?"

"哪个学校?"

"詹姆斯·门罗高中。怎么了?"

"就是嘛。高一英语课。你不记得罗登巴尔小姐了吗?说不定就是她教你念的奥斯卡·王尔德呢。"

"她是英语老师?"

"没错。她过世了——哦,我不知道多少年了。小小的老太太,铁灰色头发,姿态优雅。"

"你亲戚?"

"我父亲的姐姐,佩格姑姑。不过学生只知道她是玛格丽特·罗登巴尔小姐。"

"玛格丽特·罗登巴尔。"

"没错。"

他打开记事本,有那么一会儿我以为他打算写下我姑姑的名字,但他只是耸耸宽大的肩膀,收起本子。"应该

---

① 《拉芙妮与雪莉》(*Laverne and Shirley*),美国的一部电视情景喜剧。

就是,"他说,"这个姓挺特别的,你知道。就在脑子里,随时会跳出来。也许我不在她的班上,但我就是记得这名字。"

"很可能。"

"我会想起来的。"他说着为奈斯旺德拉开门,"记忆这东西很奇怪,只要放着它不管,你早晚会想起来的。"

7

托德拉斯和奈斯旺德走后十或十五分钟,吉莉安和我一起离开诊所。我们在第七大道拐角一家咖啡店加入了吃午餐的人潮。我们点了咖啡和烤乳酪三明治,结果我不但吃了自己的,还吃掉了她的半个三明治。

"克里斯特尔·谢尔德里克,"我边吃边问,"我们对她的了解有多少?"

"她死了。"

"除此之外。她是克雷格的前妻,有人杀了她,其他的我们还知道些什么?"

"知不知道又有什么差别,伯尼?"

"呃,她遇害总有个理由,"我说,"如果我们知道,也许就有可能想出是谁干的。"

"我们要查出凶手?"

我耸耸肩:"反正闲着也是闲着。"

吉莉安很兴奋,蓝眼睛都跳起舞来。她觉得我们像尼克和诺拉·查尔斯一样,或者是诺斯夫妇[①]——这两对侦探她根本分不清楚。她想知道我们该从哪里入手,于是我便把话题转回克里斯特尔身上。

"她是个荡妇,伯尼。谁都有可能杀她。"

"我们只知道克雷格说她是个荡妇。男人讲到前妻,标准都很苛刻。"

"她老在酒吧鬼混,勾引男人。说不定其中一个就是杀人狂。"

"而他的口袋里又刚好有把牙科手术刀?"

"哦。"她拿起杯子,斯文地啜了一口,"也许她勾引的男人是牙医,而且——但我觉得大多数牙医应该不会口袋里放着把手术刀四处走。"

"只有下班后摇身一变,成为杀人狂的那些才会。而且就算杀她的是牙医,他也不会把手术刀留在她身上。所以,是有人刻意从诊所偷走手术刀,嫁祸给克雷格。这就说明凶手不是生人,凶案也不是临时起意,而是经过策划的。凶手有杀人动机——此人在克里斯特尔·谢尔德里克的生活中占有一席之地。这就表示,我们得了解一下她的生活。"

"怎么了解?"

"问得好。还要咖啡吗?"

[①]尼克和诺拉是达希尔·哈米特小说《瘦子》中的夫妻侦探,诺斯夫妇则是弗朗西斯和理查德·布克利奇合著的系列侦探小说中的搭档。

"不了。伯尼,也许她记日记。现在的女人还记日记吗?"

"这我怎么知道?"

"或许有沓情书,里面有什么蛛丝马迹可以让我们看出她的约会对象是谁。要是你能偷偷溜进她的公寓——怎么了?"

"太迟了。"

"嗯?"

"偷偷溜进公寓的时机,"我说,"得是有人在里面遇害之前。只要出了人命,警察马上就变得很有效率。他们会给门窗贴上封条,有时还会派人看守。再说他们已经搜过了凶手没偷走的东西,所以要是有日记或信件,而凶手又没有足够的冷静把它们带走——"譬如一箱珠宝,我恨恨地想着,"那警察应该也已经拿走了。总之,我估计本来就没什么日记或情书好拿。"

"为什么没有?"

"我看克里斯特尔不是那种类型的女人。"

"可你又怎么知道她是哪种类型?你连见都没见过她。"

我回避了这个问题,抓住女服务员的视线,像平时一样在空中做了一个签字的手势。我还真纳闷——不是第一次了——当初是哪个顾客发明了这个手势,而当初那位看到手势的服务员又是怎么想的?先生,您是要我姑妈的笔吗？是吗？

我说："她总有家人吧？你可以跟他们联络，假装是她的大学同学。"

"哪所大学？"

"不记得了，不过新闻报道应该说了。"

"我年纪比她小，不可能和她是大学同学。"

"行了，又没人会问你的年龄。他们恐怕正伤心呢。总之，这事你也许可以通过电话解决。我是在想，你可以从中打听一下她的过去，看看会不会冒出几个男人的名字。重点是她可能有过不止一个男朋友，那样一来我们也知道该从哪里入手了。"

她想了想。服务员拿了账单过来，我掏出钱包付账。吉莉安正皱着眉头专心思考，似乎没有要和我对半分的意思。呃，好吧，毕竟她的三明治我吃了一半。

"嗯，"她说，"我试试看。"

"打几个电话，看对方有什么反应。当然不要说出你的真名。还有，你最好尽量待在家里，免得克雷格找不到你。我不知道他自己能不能打电话，但他的律师说不定会找你。"

"那我怎么跟你联络呢，伯尼？"

"我可能不好找。电话簿上可以查到，伯尼·罗登巴尔，西区七十一街，但我多半都在外面。这样吧，我打给你。你的电话登记了吗？"

没有。她在钱包里翻了一阵,把她的电话和地址写在了一张美容师预约卡的背面。卡片约的时间是九天前,美容师叫凯斯。不知道她有没有赴约。

"那你呢,伯尼?你打算做什么?"

"我要找个人。"

"谁?"

"不知道。不过找到的时候我自然就清楚了。"

"女人吗?到时候你怎么知道是她?"

"她会在一家轻浮的酒吧,"我说,"认真地喝酒。"

酒吧的名字叫恢复室。鸡尾酒餐巾上印满了护士漫画。我唯一记得的那条上面印了个屁股肥圆的弗洛伦丝·南丁格尔,她在问一位色迷迷的外科医生肛门温度计该怎么处置。墙上贴了张单子,列出一堆怪异的鸡尾酒名称,例如气泡醚、静脉特别注射、验尸工作,价格都是两三美元。此外墙上还杂乱地陈列了和医院有关的各种道具——红十字夹板、口罩等。

虽然如此,这里似乎并没有吸引到医护人士。酒吧位于与格拉梅西公园相隔几条街的欧文广场上,在一幢红砖建筑的一楼,往东是贝尔维医院,但距离太远,医院的员工都不愿意来,这儿的顾客似乎主要是附近的居民或上班族。酒吧的确很轻浮。再轻一些,就能飘上天去了。

话说回来，弗兰奇喝酒的确很认真，足以让恢复室落在阴沉的现实里不会飘走。喝史汀格鸡尾酒①是一种认真的选择。而在工作日的下午四点喝两杯，则是更加认真的事。

我到达恢复室前先去了几个地方。第一站是我的住处，然后便乘出租车到东二十几街，开始各处走访。列克星敦大道一家美食小店卖给了我一小瓶进口橄榄油，我躲在转角处小心地打开盖子，倒转瓶身，咕噜噜全灌了下去。我在什么地方看到过这个秘诀：准备整晚大喝一顿前，要先在胃里裹一层。哎呀，那味道可不是我尝过最美妙的，总之吞下以后，我便开始游走于各家酒吧，先到列克星敦大道上的几家，再到第三大道，然后沿原路折回，最终到了恢复室。在这过程中，我每到一家就喝一杯白葡萄酒加汽水，而且一直待到确定没人想谈克里斯特尔·谢尔德里克才走。我碰到两个跃跃欲试想聊棒球的家伙和一个想聊得州的笨蛋，不过我能搜刮到的对话就那么多。

直到我碰上弗兰奇。她个子很高，黑色鬈发，阴郁的脸上五官线条很硬。她坐在恢复室的吧台上啜饮着白兰地鸡尾酒，嘴上叼了根弗吉尼亚薄荷烟，正荒腔走板地哼着《给我的宝贝》。她和我年龄相当，但我觉得入夜后她就会老很多。史汀格鸡尾酒是有这效果。

不知怎么的，我立刻就知道了。这里看来就像是克里

---

① 史汀格鸡尾酒是用白兰地和薄荷甜酒调制而成的鸡尾酒。

斯特尔会来的地方,而弗兰奇则看起来与克里斯特尔是同一种类型的人。我走到吧台前,向一个愁眉苦脸、貌似宿醉的酒保点了白葡萄酒加汽水,然后问弗兰奇她旁边的位子是否有人坐。此举颇为唐突,因为吧台前当时只有另外两名顾客——两个销售员在吧台的另一端掰手腕。但她并不在意。

"欢迎加入,老兄,"她说,"你愿意在我旁边坐多久都行,只要你不是该死的牙医。"

啊哈!

她说:"她啊,我可以告诉你,伯尼。她是我们这个该死的世界里的珍宝,她就是这么个人。唉,妈的,你认识她,对吧?"

"多年前。"

"多年前,对啊。在她结婚之前,在她嫁给那个拔牙凶手之前。我对天发誓,我再也不会找他们那帮杂种了。就算每颗牙都在我的脑袋里烂掉,我也不找他们。妈的,谁在乎,对吧?"

"对,弗兰奇。"

"反正我又不用嚼什么东西。去他的食物。不能喝的东西我要来干吗,对吧?"

"对。"

"克里斯特尔是个淑女。确实是。那女人他妈的是个淑女，对吧？"

"当然。"

"他妈的太对了。"她朝酒保弯了弯手指。"罗吉，"她说，"罗吉亲爱的，再来一杯。只要白兰地，外加点薄荷酒让它凉一凉，好吧？因为这玩意儿尝起来开始有点像漱口水了，我可不愿意想到牙医。听到没有？"

"听到了，"罗吉说着把她的杯子拿开，取出一只干净的，"白兰地对吧？白兰地加冰块？"

"白兰地不加冰块。冰块伤胃，还会使你的血管收缩，静脉动脉都逃不掉。还有，薄荷酒喝多了会得糖尿病。我是该跟史汀格鸡尾酒保持距离，可我注定要败在它手上。伯尼，你可不能整晚喝那些白葡萄酒加汽水。"

"不能吗？"

"首先，汽水对身体不好。气泡会跑进你的静脉，让你呼吸不畅，就跟没进过减压室的隧道工人一样惨。这个大家都知道。"

"我可没听说过，弗兰奇。"

"呃，现在你知道啦。还有，葡萄酒会使你的血液腐坏。那可是葡萄酿的，葡萄的酵素就是杀手。"

"白兰地也是葡萄酿的。"

她瞪了我一眼。"是啊，"她说，"可这酒蒸馏过，杂质都去掉了。"

"哦。"

"趁这白葡萄酒加汽水还没破坏你的健康以前，赶紧停了。喝别的吧。"

"也许应该喝杯水。"

她看起来非常惊恐："水？我们城里的水？你见过纽约市自来水龙头里流出来的东西的放大照片吗？天哪，纽约的水里有虫子，用那些该死的显微镜能看得到。你喝没有酒精的水，那是自找麻烦。"

"哦。"

"让我好好看看你，伯尼。"她蒙着一层绿色的淡棕色眼睛努力想聚焦在我的眼睛上。"苏格兰威士忌，"她很有把握地说，"苏格兰威士忌加冰块。罗吉宝贝儿，给咱们的伯尼来一杯苏格兰威士忌加冰块。"

"不太好吧，弗兰奇。"

"天哪，"她说，"闭嘴，给我喝了。你想喝杯有虫子的水来纪念克里斯特尔吗？你是怎么回事，疯了吧？给我闭嘴，喝掉你的威士忌。"

"就说这儿的丹尼斯吧，"弗兰奇说，"他很迷恋克里斯特尔。对吧，丹尼斯？"

"她是个一等一的好女人。"丹尼斯说。

"大家都爱她，对吧？"

"一进门就满室生辉，"丹尼斯说，"没话说的。这会儿她却死了，真他妈的可恨，是吧？她丈夫干的，对吧？"

"牙医丈夫。"

"他怎么对付她的，一枪打死？"

"用刀刺她。"

"真他妈的可恨。"

我们在弗兰奇的坚持下离开了恢复室，绕过街角来到了更小、光线也没那么亮的乔安酒馆，喝了一两杯之后，遇到了丹尼斯——此人身材粗壮，在第三大道开了一家停车场。丹尼斯喝爱尔兰威士忌，搭配啤酒，弗兰奇还是忠心耿耿地在喝纯白兰地，我则遵照嘱咐，一口口舔着苏格兰威士忌加冰块。我可没觉得这种做法有多明智，但每喝一杯，感觉就更合理一些。我还不断提醒自己之前吞下了一小瓶橄榄油。我想象着这种油包住了我的胃壁，而威士忌无法渗入。一杯杯酒滑下我的喉咙，碰上油乎乎的胃，然后神不知鬼不觉地穿过胃部进入小肠。

不过，还是感觉有一点点酒精真的跑到血管里去了……

"再来一杯，"丹尼斯高兴地说，"你自己也来一杯，吉姆。还有，再给咱们的弗兰奇一杯白兰地，再给我的朋友伯尼一杯威士忌。"

"哦，我不——"

"哎呀，我请客，伯尼。丹尼斯请客，大家都要喝。"

于是丹尼斯就请客了，大家也都喝了。

＊　＊　＊

在汉牙酒馆，弗兰奇说："伯尼，我介绍查理和希尔达给你认识。这是伯尼。"

"我叫杰克。"查理说，"弗兰奇，你总是告诉人家我叫查理。你他妈的很清楚我叫杰克。"

"妈的，"弗兰奇说，"还不都一样，对吧？"

希尔达说："很高兴见到你，伯尼。你跟其他人一样，也是卖保险的？"

"他可不是该死的牙医。"弗兰奇说。

"我是贼。"喝了六杯或七杯威士忌加冰块之后说道。

"是什么？"

"飞贼。"

"真的。"有人说。杰克还是查理吧，我想。或许是丹尼斯。

"你都拿它们怎么办？"希尔达问。

"拿谁怎么办？"

"猫啊①。"

"他拿它们当人质。"

"有钱赚吗？"

"天哪，你们看看，谁在问小猫咪②能不能赚到钱。"

"哦，你真坏，"希尔达说，显然是被逗乐了，"你这

---

① 前文中伯尼说"飞贼"时用的是"cat burglar"一词，cat 是"猫"的意思。
② 此处的原文为 pussy，也有"性感女人"的意思。

个坏男人。"

"好了,说正经的,"查理或杰克说道,"你做哪一行的,伯尼?"

"投资。"我说。

"很好。"

"感谢上帝,我的前夫是个会计,"希尔达说,"我从没想过我会说出这种话,天啊,听听我都说了些什么。但你至少不用担心会计会把你宰掉。"

"很难说。"丹尼斯说,"以我的经验来看,他们会一毛一块地把你榨干。"

"至少他们不会用刀刺啊。"

"刺死还好些。要死就死得快一点嘛。人们看着我的停车场,只看到每天有钱进去,哪里知道我一天到晚在劳神。我雇的小伙子刮坏了人家的挡泥板,那投诉可是没完没了啊,相信我。就没有人能体会得到开停车场精神压力有多大。"

希尔达把一只手放在他的胳膊上。"大家都以为你日子过得好,"她说,"其实也没那么好,丹尼斯。"

"他妈的太对了。而且他们不明白咱们为什么要喝酒。做我们这种生意的,家里还有个那样的老婆,他们不理解我们下班以后为什么还需要放松。"

"你他妈的是好男人,丹尼斯。"

我说我要去打个电话,可到了电话旁边我已经忘了想打给谁,于是走到男厕所。小便池的墙壁上写了很多女人的名字和电话号码,但没看到克里斯特尔的。我想打其中一个号码看看结果如何,可又觉得这种念头是醉汉才会有的,于是便放弃了。

我回到吧台时,查理或杰克正在点下一轮酒。"差点把你忘了,"他对我说,"威士忌加冰块,对吧?"

"呃……"我说。

"喂,伯尼,"弗兰奇说,"你还好吗?脸色有点发绿啊。"

"橄榄油的原因。"

"嗯?"

"没事。"我说着伸手去拿我的那杯。

8

无数的酒吧,无数的谈话,无数的人……在我的意识里不停穿梭、进进出出。而说到我的意识,它也在自己内部穿梭来去。我不断地在层层灰色地带进出,仿佛开着车穿越重重迷雾一般。

接着我突然走在路上了,整个晚上我这是头一回独自一人。我终于丢下了从在恢复室起就跟我在一起的弗兰奇。我走着走着,发现正前方便是格拉梅西公园。我走到铁门处,两手攀上去,倒也不完全是为了支撑,但仔细想想,这个主意也不差。

公园里空空如也——至少我眼见的范围内是这样。我想到要撬锁进去。我没带老虎钳之类的笨重东西,但通常随身携带的那串凿子探针足以让我进入园内,远离狗和陌生人。我可以挺直身子躺在一张舒服的绿色长椅上,合起眼睛,数数威士忌里漂着的冰块,然后不用多久就会……会怎样?

被捕，非常有可能。流浪汉昏迷在格拉梅西公园里，警察可不会喜欢，他们会皱眉头的。

我仍然紧紧抓着铁门——门仿佛在晃动，虽然我知道其实没有。一个慢跑的人经过——或者是一个跑步的人慢慢跑过，怎么说都行。也许他就是我和那位叫什么来着的小姐交谈时，在公园外面跑步或慢跑而过的那位先生。泰勒？蒂勒？不管了。是不是同一个慢跑的人也无所谓。她是怎么形容慢跑来着？"那么可笑的事怎么可能对人有益。"

我想了想这话，觉得自己可能看起来也挺可笑的——像现在这样牢牢抓着铁门不放。正想着，那个慢跑的人又绕了回来，帆布包着的双脚在水泥地上嗒嗒作响，远去了。围着公园跑一圈好像没花他多少时间，对吧？或许又换了个人慢跑？又或者是我的时间概念出了错？

我看着他慢慢跑远。"继续跑，"我说，声音也许很大，也许不大，这一点我恐怕永远也不会知道了，"只要别在街上跑，不要吓着马儿。"

然后我就坐在出租车里了，想来一定是给了司机我的地址，因为接下来我们就在西端大道离我公寓一条街的红绿灯前等绿灯了。"就到这儿吧，"我告诉司机，"剩下的路我自己走，我需要新鲜空气。"

"是啊,"他说,"我看你是需要。"

我付了钱,给了小费,看着他开走,脑子一边努力转着,想找句厉害的话顶回去。我终于决定最好就大叫一声:"是吗?"可是我告诉自己他已经开到了好几条街外,不太可能夸赞我顶嘴的工夫一流。我给肺部充了好几次还算新鲜的空气,朝北走了一个街区。

我感觉很糟糕,满肚子都是我原本没想要灌的黄汤,脑子麻木,身体发抖,精神萎靡。但我正朝着我的地盘迈进,回家还真让人觉得安慰——虽然这个家只是两间要价过高、住得让人心生寂寞的房间。可是在这里,至少我知道自己身在何处。我可以站在七十一街和西端大道的交会处环顾四周,认出我熟悉的事物。

比如,我认出了转角处的咖啡店。我认出了那条呆呆的大狗丹,还有那个不知道是在遛那条狗,还是被那条狗遛的瘦瘦的年轻人。

在街对面,我认出了邻居赫施太太,必不可少的香烟在她的嘴角冒烟,此刻她正经过门卫,手里拿着在熟食店买的三明治和从七十二街那家书报摊买来的《每日新闻》。然后我认出了门卫——疯子菲利克斯,此人一辈子都想努力达到他那身红棕色制服和他巨大八字胡所要求的双重标准。我又认出了正在和菲利克斯热切交谈的雷·基希曼——贫穷但不安分的警察,曾和我多次相遇。在入口附近,我认出一对年轻人,他们好像一天二十四小时都吸巴拿马大麻,神志不清。在马路的斜对面——

慢着!

我又看了一眼雷·基希曼。没错,是他,熟悉的雷,可他这会儿在大厅跟门卫讲话,是有什么事吗?

我脑子里的蜘蛛网开始被拨开。我并没有完全清醒,但感觉也差不多了。我一动不动地站了一会儿,想理出个头绪,然后觉得这事应该等到我有时间的时候再去担心。这会儿我可没空。

我穿过人行道往回躲进阴影,回头看了一眼,确定雷没有注意到我,然后便往东沿着七十一街走,一路上紧贴着路边的建筑,不时扭头查看附近有没有其他警察。我提醒自己频频回望只会让人生疑,但我还是不断地回头看。我就这么走着,最后一脚踩到了那条大摇大摆的大狗丹或他的同伴留在人行道上的纪念品。我说了个恰好可以描述我刚踩上的那东西的脏字,把鞋擦干净,继续朝百老汇大街走去。然后一辆出租车开来,我便招了招手。

"上哪儿?"

"不知道,"我说,"先往市中心开一段,然后我会想起来的。"他嘀咕着什么,我觉得没有必要专心听。我掏出钱包,找到她给我的那张小卡片。

"我跟凯斯有约,"我说,"可这又怎样?已经是两个星期前的事了。"

"你还好吗,老兄?"

"不好。"我说。我把卡片翻过来,皱着眉头看上面的字。"RH7-1802,"我念出声来,"我们试试这里,行吧?送我上那儿去。"

"老兄?"

"嗯?"

"那是电话号码。"

"是吗?"

"RH7代表电话交换局Rhinelander7。我的电话号码全是数字,但有些人的是字母加数字。我个人觉得加上字母听起来比较优雅。"

"我同意。"

"可我没办法把你开到电话号码那里去。"

"这下面就是地址,"我眨眨眼睛说道,"就在下面。"那些字母在我的眼睛下面晃来晃去。

"念给我听好吗?"

"等一下,"我说,"我正有这个打算。"

她住在东八十四街一幢整修过的红砖建筑里,和哈得孙河只隔两个路口。我找到她家的门铃按了按,没期待会发生什么,正准备动手自己进去,忽然听到她从对讲机里问我是谁。我告诉了她,她便哔的一声按了按钮打开门。我爬了三段楼梯,便看到她在门口等我,身上穿了件蓝色的丝绒睡袍，皱着眉头。

她说："伯尼？你还好吗？"

"不好。"

"你看起来好像——你说了你不好吗？怎么回事？"

"我醉了。"我说。她让到一边，我走过去进了一间小小的套房。沙发已经摊成了床铺，显然她刚从那上面起来。

"你醉了？"

"醉了。"我说，"我喝过橄榄油、白葡萄酒、汽水，还有威士忌加冰块。汽水让我呼吸不畅，冰块损坏了我的肠胃。"

"冰块——"

"损坏了我的肠胃。而且还会使血管收缩，包括动脉和静脉。薄荷酒会让你得糖尿病，但我没碰那东西。"我解下领带，卷起来放进口袋，又脱下外套，瞄准一张椅子扔过去。"我不知道橄榄油会怎么样，"我说，"但我觉得那办法效果不太好。"

"你在干什么？"

"我在脱衣服。"我说，"我看起来像在干什么？我查到很多克里斯特尔的事，只希望明天早上起来时还能记得一些。这会儿我当然什么都想不起来。"

"你在脱裤子。"

"没错。哦，天哪，我最好先把鞋子脱掉。平常我都不会弄错顺序的,可我今晚脑子混乱。葡萄酒是葡萄酿的,会让血液中毒。白兰地蒸馏过,所以没有杂质。"

"伯尼,你的鞋子——"

"我知道,"我说,"我家公寓楼的大厅里有个警察,我的鞋上有更糟糕的东西。这些我全都知道。"

"伯尼——"

我上了床。只有一个枕头。我拿过来把头放在上面,拉起床罩蒙住脑袋,然后闭上眼睛把世界关在外面。

9

经过六七个小时的睡眠,又加上四颗阿司匹林和三杯咖啡,迷雾开始飘走。我抬眼看向吉莉安,她坐在一张躺椅上,膝上放着一只咖啡杯,努力保持着平衡。"抱歉。"我说,这已经不是头一回了。

"没事的,伯尼。"

"半夜三更闯到你家。脱掉衣服跳上你的床。什么事这么好笑?"

"你把这说得像是强奸一样。你只是喝了太多的酒,再说了,你也需要找个地方休息。"

"我可以上旅馆,如果我的脑袋还能想到那里的话。"

"要找到愿意租个房间给你的旅馆可能不太容易。"

我垂下眼皮:"我看起来一定糟糕透了。"

"哦,的确不是你的最佳状态。对了,我清理了你的鞋子。"

"天哪,又多了一件要向你道歉的事。怎么会有人想在城里养狗？"

"免得小偷溜进他们的公寓。"

"真是个好理由。"我又喝了些咖啡，拍拍前胸口袋想找香烟。几年前我戒烟了，但偶尔还是想找一包。积习难改。"对了，你……呃，你昨晚在哪儿睡的？"

"椅子上。"

"真是抱歉。"

"行了，伯尼。"她微微一笑。对一个整晚睡在躺椅上的人来说，她可真算是精神抖擞。这时她套了一条牛仔裤，上身穿着粉蓝色毛衣，看上去很是美妙。我还穿着昨晚那套衣服，不过没戴领带，也没穿外套。她说："你说你查到了克里斯特尔的一些事情。昨天晚上。"

"哦。对。"

"可你当时好像不记得内容。"

"哦？"

"嗯。也许是你太累了，无法思考。你现在想起来了吗？"

我花了几分钟。我得先往后靠着坐好，闭上眼睛找找我的记忆，最终印象还是回来了。"三个男人。"我说，"大部分信息来源于一个叫弗兰奇的女人，显然她跟克里斯特尔是喝酒的好搭档。我遇到弗兰奇时她已经醉了，夜色越来越深，可她也没因此醒过来，不过我想她知道自己在讲什么。

"她说,克里斯特尔不过就是喜欢享乐。她对人生要求不高,不过就是几杯黄汤几场欢笑,还有从古至今颠倒众生的真爱。"

"外加价值一百万美元的珠宝。"

"弗兰奇没提起珠宝。也许克里斯特尔在各家酒吧游走的时候不戴首饰。总之,我得到的印象是,克里斯特尔没有勾搭生人的习惯。她上酒吧主要是喝酒聊天。偶尔她会喝个半醉,晚上带个新认识的朋友回家,但她的原则是交往对象不超过三个男人。"

"其中一个杀了她?"

我耸耸肩。"这个假设挺合理。总之,她的生命里有三个男人。"我拿起当天的《每日新闻》,用手指点了点我们刚才读的报道。法医说的话我原本就知道,"她被杀当晚有人和她亲热过。如果不是凶手,便另有其人。而那时还不算太晚,她应该还没烂醉,所以不太可能拖个陌生人回家。"

"难说,伯尼。照克雷格的说法,她人尽可夫,这位弗兰奇看来不是太清楚。"

"呃,克雷格有偏见。因为他得付赡养费。"

"也是。你知道那三个男人是谁吗?"

我点点头:"麻烦就在这里。我盘问弗兰奇有点棘手,因为不能让她看出我对这事有兴趣,否则她就会追问原因。后来夜色越来越深,我也醉了,没有好好扮演完检察官的角色。再说我也不能确定弗兰奇对克里斯特尔的男朋友到底知道多少。我估计有两个已婚。"

"现在谁不是呢?"

"真的?我还以为大家都离婚了呢。不过克里斯特尔的三个男朋友中有两个已婚。"包括我在她的衣柜里奄奄一息时和她滚在一起的那个,那人还得赶回家见不知道叫什么名字的女人。"他们其中一个是律师。弗兰奇提到他时,叫他法律猎犬,还叫他史努比。我想他的名字也许叫约翰尼。"

"也许?"

"是啊。弗兰奇有两次提到他时都模仿爱德·麦克马洪说'现在——是约翰尼上场!'[①]所以我猜他叫这个名字。"

"名叫约翰尼的已婚律师。"

"没错。"

"这下范围小多了。"

"可不是嘛。第二个已婚男朋友容易查一些。这人是个画家,叫格拉堡。"

"这是他的姓?"

"可能吧。我想应该有个名字搭配。除非他太有艺术气质,标新立异地省略了名字。弗兰奇讲到格拉堡时挺模

[①]麦克马洪是美国主持人约翰尼·卡尔森的老牌节目《今夜秀》里的喜剧搭档,通常节目一开始都是由麦克马洪大声说出这句台词,引出卡尔森上场。

糊的。"

"在我听来，她好像讲什么都挺模糊的。"

"呃，没错。我估计她从来没见过格拉堡。至少我的印象如此。法律猎犬她倒是经常看到，因为克里斯特尔习惯和他一起在酒吧喝酒。弗兰奇好像觉得他挺逗的，不过我不知道她是笑他，还是和他一起笑。可我有个感觉，她知道的关于格拉堡的事都是从克里斯特尔那里听来的，而这加起来恐怕也没多少。"

"第三个男人呢？"

"这也容易。也许是因为他未婚，至少我觉得他没有结婚，他没什么要隐藏的。总之弗兰奇认识他。他名叫秃比，在蜘蛛酒吧当酒保。我昨晚也去过那里。"

"那你碰到他了？"

"没有。我们上那儿找他，可是他和劳埃德换了班。"

"劳埃德是谁？"

"昨晚在蜘蛛酒吧当酒保的家伙。我跟你说，他调酒还真有一套。秃比姓什么我不知道，不过真要说起来，弗兰奇和其他人姓什么我也不知道。我昨晚碰到的那些人没一个有姓氏的。但我觉得要找秃比应该不难——只要他没辞职。"

"奇怪，他昨晚怎么没上班？"

"这倒问住我了。也许当酒保的都经常跟别人换班吧。也许有个什么电视节目秃比不想错过，也许他连夜把蜘蛛酒吧T恤制服上克里斯特尔的血洗掉了。我开玩笑的，因为那上面根本没有血。"

"你怎么知道的，伯尼？"

聪明。"她被刺中的是心脏，"我说，"不会流太多血。"

"哦。"

"总之我们现在只有这些信息，"我把谈话内容转回正题，"法律猎犬，艺术家格拉堡，还有酒保秃比。我想我们目前得专心对付这三个人。"

"怎么对付？"

"唔，我们可以查他们的身份。就从这里开始。"

"然后呢？"

然后我就要查查珠宝在谁手上，但这话不能告诉吉莉安。她对我那个装满被窃两回的宝物的超级亮皮公文包毫无所知，她也不知道克里斯特尔送死时，B.G.罗登巴尔就在现场。

"然后，"我说，"我们就会知道他们之中是否有人有理由杀死克里斯特尔，谁跟克雷格有关系，毕竟凶手应该不是因为附近五金行的标枪卖完了，就碰巧拿了把牙科手术刀去行凶。要是最终发现格拉堡有副克雷格帮他装上的牙套，或者——天哪，今天我真够笨的。你看到的是我的最糟状态，吉莉安。昨晚喝醉了，今天早上又宿醉。但我发誓我真的还有脑子，虽然不大，多年来却也发挥过不小的作用。"

"你在说什么啊?"

"你的档案。呃,事实上是克雷格的档案。秃比、格拉堡和法律猎犬。克雷格看过的病人全都留有记录,对吧?格拉堡要是找他看过病,那就容易了——除非弗兰奇弄错了他的姓氏。秃比嘛,我们得先查出他的本名,不然会难办些。但要查应该不难,然后你就可以看看他和克雷格有没有关系。至于律师约翰尼,呃,倒是个问题。我看你们的病人恐怕不会按职业分类吧?"

她摇摇头:"表格上有公司地址栏,但自由职业者通常不会写明从事哪种行业。好,我知道该怎么办了。"

"怎么办?"

"我可以查阅档案,把所有看起来不像律师的约翰尼抽出来,再将剩下的跟电话簿律师栏里的一一比对。当然不是所有律师的电话都会登记。我看大部分都没有。你说这样查到底值不值得?"

"听起来像是不可能完成的任务,而且工作量挺大。"

"我知道。"

"但总是有人会在大海里打捞,而且还真能捞出针来。要是你愿意花这时间——"

"反正我也没有别的事做。这样我至少觉得自己能帮上忙。"

"你窝藏逃犯,"我说,"你可做了这件事。"

"你真觉得你是逃犯?你在你们公寓大厅认出了一个

警察，但他又不一定是在等你。他有可能是在查其他哪个房客。"

"比如赫施太太。也许他是去逮她的，因为她在电梯里抽烟。"

"可是伯尼，他根本就不是我们之前看到过的警察啊。怎么会换成他去找你呢？如果是原先那两个，我还可以理解——我忘了他们叫什么名字。"

"托德拉斯和奈斯旺德。托德拉斯是满脸阴笑的大块花岗岩，奈斯旺德是滑稽的黄鼠狼。"

"呃，如果等你的是他们，那你的担心还有些道理。如果不是，你就别——外面是谁啊？"

门铃又响起来了——真巧。

我说："昨晚我大约一点到的，差不多一个小时前离开了。我是小偷的事你完全不知道。我从没真正谈过我的职业，而且我们在一起也没多久。除了我，你还跟别人约会，只是你都瞒着我。"

"伯尼，我——"

"注意听。等一下你就可以应门了。他们在楼下，不会立刻破门而入。你是克雷格的女朋友——这点你或许应该主动说出来——可你想多玩玩、多看看，但克雷格和我都不知道你跟我们俩同时约会。现在去拿对讲机。纽约警察拖着他们的屁股爬过三段楼梯上来以前，我会有时间脱逃。"

她走向墙壁，按铃启动对讲机。"喂？"她说，"哪位？"

"警察。"

她看着我。我点点头，她便按下按钮让他们进来。我走到门口开门，一步跨到走廊里。"就事论事，"我说，"你窝藏了逃犯，但你不知情，所以错不在你。而且也没人告诉过我，我已经是个逃犯。在职业的问题上，我没跟警察说实话，但那又有何不可？——毕竟我不希望你知道。我想我们俩都不会有事。我会再跟你联络，不是这儿就是诊所。别忘了查档案。"

"伯尼——"

"没时间了。"我说完向她传了个飞吻，便一溜烟跑了。

在托德拉斯和奈斯旺德爬那三段楼梯时，我有充分的时间往上爬一段。我在最上面那级台阶上游荡，听着他们的脚步声走向吉莉安的门口。他们敲了门。门打开，他们走进去，然后门又关上了。我给他们一分钟安顿下来，然后便下了一段楼梯，站在门边竖着耳朵听。我听到人声，可是分辨不出内容。不过我听得出有两个人，而且刚才在楼梯上也听到了两对脚步声，这会儿我可不希望他们当中的一个忽然发神经把门拉开。我又走下三段楼梯，从口袋里掏出领带，发现它已经皱成一团，便又塞回原处。

太阳好像亮得有点过分。我朝它眨眨眼,一时拿不定主意,然后有个声音说道:"这不是我的老朋友伯尼吗?"

雷·基希曼——能用金钱买到的最好的警察——宽厚的背部靠着一辆蓝白相间的警察巡逻车挡泥板站在那里,宽大的脸上挂着懒洋洋的笑容,那是让人难以忍受的自满的微笑。

我说:"哦,天哪,是雷啊。好久不见。"

"可不是嘛,有几百年了吧?"他拉开副驾驶那边的门,朝座位点点头。"上车吧,"他说,"这么美丽的早晨咱们可得兜兜风。这种日子不应该待在室内——譬如牢房里。上车吧,伯尼。"

我上了车。

10

纽约的每个街区,在沿着人行道的地方都有几个消防栓。安装的目的是方便警察,让他们不必绕着街区苦苦寻找停车位。雷从其中一个消防栓旁把车开出来,说我刚才错过了他的两个朋友。"两个穿便衣的家伙,"他说,"至于我嘛,制服穿得还挺高兴的。这两位——你们肯定只是错过了一点点。说不定他们乘电梯上去的时候,你正走楼梯下来。"

"这儿没有电梯。"

"是吗?那你没碰到他们可真是不走运,伯尼。不过我想你昨天应该见过他们。这会儿他们没碰上你,待会儿下来又会发现我也开溜了。倒不是说我不见了他们会有多难过。他们是自己来的,开着他们自己蓝白色的车,我只是尾随其后,而且知道他们想要我滚蛋。随便找个警察,帮他套上西装,嘿,他就神气活现起来了,懂我的意思吗?忽然他就觉得自己是人类的一员,而不是一般的警察了。来根烟吗，伯尼？"

"我几年前戒了。"

"这是好事啊。有毅力。如果我有毅力也会戒的。你说什么你姑姑在布朗克斯教书，这又是什么瞎话？"

"呃，你也知道？"

"对啊。我是知道。"

"我想给那女孩留个好印象。我最近才认识她，其中有个警察大概知道我的名字，我可不希望她发现我有前科。"

"前科。"

"对。"

"可那些都过去了嘛——既然说是前科。现在你是堂堂正正的好公民啦。"

"对。"

"嗯哼。"他猛吸一口烟。我放下我这边的窗户，让烟散出去，请进纽约的空气——毫无意义的举动，烟和空气半斤八两。他说："你怎么跟这个叫谢尔德里克的家伙扯上关系的？"

"他是我的牙医。"

"我有个牙医，说是一年要去他那里两次。反正两次对我而言已经够够的了。我可不会整天在他的诊所里晃荡，也不会打护士的主意。"

"是护理师。"

"都一样。你喜欢拳击吗,伯尼?"

"一有时间我就会去麦迪逊花园看比赛。"

"咱们这儿以前还真是拳击比赛之城。记得那时候圣尼克竞技场每星期三都有表演吗?另外皇后区的太阳花园也有固定的比赛。你以前都去过吗?"

"我想我是去过两三次。好几年前了,不是吗?"

"哦,好几个好几年啦。"他说,"我喜欢你的做法,居然拿出票根给托德拉斯和奈斯旺德看。天哪,恰好就在身上,我真是太喜欢了。"

"我穿着同一件外套,没换。"

"我知道。如果我想制造不在场证明,就会把票根放在另一件外套里。我会把他们带回公寓,在衣柜里找上半天才拿出票根。这样效果更好,没那么明显,你知道吗?"

"呃,我没有制造不在场证明,雷。我只是刚好去看了那晚的拳击比赛。"

"嗯哼。不过如果你只是在回家路上恰好捡了一张丢掉的票根,嗯,那就很有意思了,对吧?那就表示你想在一般民众知道有件需要有不在场证明的案子发生以前,就制造了不在场证明。这可能也意味着谢尔德里克太太活生生给人做掉一事你都知道,而你为什么会知道呢?这事仔细想想还真有趣,对吧?"

"太棒了,"我说,"唯一比没有不在场证明更糟糕的事就是偏偏有证明。"

"我知道,这事还真够倒霉的。在警察局里待上几年就容易变得疑神疑鬼。什么事都不能只看表面。瞧瞧,你也不过就是有一张拳击比赛的票根,可我就觉得是天大的事儿一样,硬要往你身上贴个标签说你有罪。"

"我还以为已经定案了呢。我还以为你们认定了是她丈夫干的。"

"命案吗?对啊,看来他们好像就打算那么办。男人杀掉前妻,把他自用的手术刀留在她的胸口,简直像签名一样,对吧?换了我办这案子,说不定会觉得这也未免太顺当了,而那票根在你的口袋里也太巧了一些。可这不是我的案子,何况穿蓝色制服的警察对凶杀案这么高深的东西又懂得什么呢?这种事的精妙之处,你得穿上三件套的西装才能弄清楚,所以我就明哲保身,选择不闻不问,让他们穿西装打领带的先生们去办吧。我只管自己的事,伯尼。"

"那么冒昧问一下,你的事究竟又是什么呢,雷?"

"这个问题问得好。"前方绿灯亮了,他打了个右转弯,粗大的手轻轻扶着方向盘。"跟你说啊,"他说,"我在警察局待了这么多年,身上仍然穿着制服,可不是没有原因的。我想原因就是我这人从不拐弯抹角。那么明显的事偏偏是我第一个注意到。我知道票根恰好在某人的口袋里,首先就想到这是伪造的不在场证明。然后我再看看当事人,这家伙一辈子都在摸人家屋里的东西,我就想到发生过窃案。咱们这儿有个小偷，费了点力给自己找了个不在场证明，结果第二天早上我们就在那个刚杀了他前妻的牙医的诊所里看到这个小偷，而第三天早上，小偷又蹑手蹑脚地溜出牙医护士的卧室。这样一来，我可不知道拐弯抹角的便衣警察会怎么想，不过咱们这儿的雷，可是能直接把握住案情。"

我们的前面，一辆 UPS 快递公司的卡车堵住车流，周围的一些司机开始按喇叭发泄不满。不过雷可不急着赶路。

我说："我不太明白你的意思。"

"哦，得了吧，伯尼。现在这儿就只有你、我，和交通堵塞，所以咱们就打开天窗说亮话吧。照我看来，你是想好了谢尔德里克那女人家里容易下手。也许你是在钻牙的时候，竖起耳朵听到了什么，或者是从跟你谈恋爱的护士那里探到了什么消息，不管是哪种方式，反正你决定上格拉梅西公园撬几道锁，看看能得到什么。说来谢尔德里克上门找她的时候，你也许已经进去又出来了，可那样的话，你又怎么知道你需要不在场证明？这不对。你就听听我对这事的看法。你到了那里打开门，发现她的心脏已经停止跳动。你花了点时间在口袋里塞满珠宝，然后赶紧溜走，而在回家的路上你在麦迪逊花园歇了脚，顺便从地上捡来一张票根。第二天一早，你便直奔谢尔德里克的诊所弄清情况，确定你脖子上的脑袋还能保得住。"

"你怎么能认定有东西被偷了？"

"死掉的那女人的珠宝比卡地亚专卖店橱窗里的还多,可她的公寓里现在只剩下糖果饼干盒子里的赠品了。东西总不可能自己长腿跑了吧。"

"也许她放在银行金库里了。"

"没有人会把珠宝全放在银行金库里。"

"也许谢尔德里克拿走了。"

"当然。他记得要把那地方翻个底朝天,带走所有的珠宝,可他实在心不在焉,那叫什么来着……手术刀,倒是留在了她的心脏里。我看这事不对。"

"也许是警察拿走了。"

"办案警察?"他朝我咂咂嘴,"伯尼,你真让我惊讶。你觉得两个调查命案的家伙愿意放下工作去抢劫死人?"

"这种事也不是没听说过。"

"你是认真的吗?我很痛恨这种事。不过这次可没发生,因为他们踢开谢尔德里克前妻的家门时,楼下的邻居都在旁边。有人在看,没有机会下手。我很惊讶,这种事你竟然不知道?"

"呃,如果得跨过死人去拿珠宝,小偷也下不了手,雷。我也很惊讶,这种事你竟然不知道?"

"也许吧。"

"不只是也许。"

他固执地摇摇头。"不对,"他说,"这事我只能说是也许。你知道你有什么本事吗?你可有天大的贼胆哪,伯尼。我还记得当初我和那该死的罗伦·克莱默在东六十几街撞上你的时候,你多冷静啊,卧室里躺着个人,可你看上去却像公寓里没人一样。"①

"那是因为我不知道卧室里有个人。记得吗?"

他耸耸肩:"知不知道都一样。你有贼胆,随你怎么说都没用。要不你为什么要给自己找不在场证明?"

"也许我真去看了拳击比赛,雷。这一点你想过没有?"

"没看多久。"

"也许我是找了不在场证明——可我真的没有,因为我的确去了赛场——"

"行了,行了。"

"我在干别的活儿。我可没迷上珠宝。那玩意儿要出手可是越来越难了,销赃的人也越来越难对付,这你也知道。也许我是摸走了谁家的钱币收藏,顺便找了个不在场证明以防万一,因为我知道收藏的钱币长腿走路以后,你们这伙人肯定会来敲我的门。"

"我可没听说过当晚什么地方有钱币收藏被人摸走。"

"也许屋主出城去了。也许他还不知道已经丢了。"

"还有,也许是你抢了哪个小孩的存钱罐,他还在忙着哭,没来得及报警。"

---

①相关故事请见《别无选择的贼》。

"也许吧。"

"也许大便还不臭呢,伯尼。我看是你拿了谢尔德里克老婆的珠宝。"

"没有。"

"你当然只能这么说,可我不一定相信。"

"我说的是实话。"

"对啊,当然。你和谢尔德里克的护士共度一晚,是因为你没有别的地方可待。你的话我全信,伯尼,所以我才能现在还穿着蓝色制服。"

我没吱声,他也没再说话。我们在四周绕了绕。UPS的卡车早已不再挡路,我们就在车流里漂着,偶尔转个弯,在曼哈顿城区悠闲地绕着街道乱逛。如果你只注意到天气,说不定会把这天错当成一个美好的秋日。

我说:"雷?"

"嗯,伯尼?"

"你有什么想要的吗?"

"总是有的。有这样一本书,叫《赢家守则》,《邮报》上摘录过很长一段。整本书从头到尾都在教人如何自私自利,其他人的死活应该由他们自己负责。想想居然还有人需要买书来学习我们从小就知道的事。"

"你想要什么,雷?"

"来根烟吧,伯尼。哦,妈的,你跟我说过你戒了。我抽根烟你介意吗?"

"我可以忍受。"

他点上一根烟。"那些珠宝,"他说,"你从她的公寓拿走的珠宝。"

"我没拿。"

"好,那我们就假设你拿了,行吗?"

"行。"

"那么,"他说,"我从不贪心,伯尼。我只要一半。"

11

蜘蛛酒吧里阴暗空荡。椅子放在桌上，凳子倒立在吧台上。窗口的一份菜单上说明他们周一至周五供应午餐，但今天是周六，他们要到下午三四点才会把灯打开。我一直在列克星敦大道上，沿着马路往上城走了一两个街区，到了一个很小的酒馆，里面的酒保在对着女性顾客挤眉弄眼，满口"亲爱的""宝贝"和"甜心"之类的话。她们全都咽了下去。我则咽下三明治、奶油乳酪枣子核桃面包，喝了两杯不怎么样的咖啡。

格拉堡，格拉堡，格拉堡。我在一家旅馆的大厅里翻阅着曼哈顿电话簿，找到了八个格拉堡，另外还有两个格拉波。我向出纳换来一堆一角硬币，把十个号码全打了一遍。其中六个没人接，另外四个根本不知道有个叫格拉堡的画家。有一个说她丈夫的哥哥是油漆工[①]，室内室外

[①] 英文里"油漆工"和"画家"均是"painter"。

都漆,不过他住在纽约州北部的果园城。"在水牛城的近郊,"她说,"总之他没改过名字,还是叫格拉堡斯基。可我估计这对你没什么帮助。"

我告诉她我也看不出会有帮助,但还是向她道了谢。我正准备离开,忽然想到了什么,便又回去看电话簿,然后开始给各个格拉堡斯基打电话。如果有用就好了,可结果当然是否定的,只是花掉了许多硬币。我打给所有的格拉堡斯基,一共十七个,接电话的有十四五个吧,而且其中当然没有一个会漆或者会画,不管是图画还是房子,连会给图画书上色或涂鸦的都没有。这条死胡同算是走完了。

离此地最近的银行在一个街区外的第三大道。我换了一堆一角硬币——五美元换到五十个,这可是仅剩的几桩好买卖之一了——然后全带到另一家旅馆的大厅。沿路我经过了好几个室外电话亭,但里面都没有电话簿。原因不明。我打电话到蜘蛛酒吧,确定他们还没有开门。我拖出分类电话簿,找到法律代理人那一栏。上面说,"请查律师栏",我照办了,不过不知道能找到什么。"律师"有十八页,而且很多都叫约翰尼,但这又怎样?我想不出任何理由打电话过去。我随手翻阅着,希望能突然出现什么抓住我的视线。我看到一个叫"卡尔森、吉德和迪尔"的事务所,然后便跳到字母V。我打电话给克雷格的私人律师卡尔森·弗瑞尔[①]，找到他本人接听。自从把克雷格介绍给埃洛尔·布兰肯施普后，他就再没收到关于此案的任何消息。他想知道我是谁，找他有什么事。我告诉他我自己也是牙医，与克雷格私交甚好。我没费事就编了个名字，而他也没有追问。

我再打电话给埃洛尔·布兰肯施普。他不在，对方问我是否愿意留下姓名和电话。

格拉堡，格拉堡，格拉堡。艺术家的目录下有满满两页。没有格拉堡。我又找艺术画廊部分，看看他是否自己开了画廊。其实就算开了，登记的名字也不会是格拉堡。

我投资一角，打电话到位于SOHO西边百老汇的窄廊画室。我正打算放弃另找别人时，一个声音略微嘶哑的女人接了电话。我说："也许你能帮得上忙。我大约在一个月前看到一幅画，一直忘不了，问题是我对那位画家一无所知。"

"哦。我先点根烟。嗯，好了。你刚才说你在我们画廊看到一幅画？"

"不是。"

"不是？那你是在哪儿看到的？"

在哪儿呢？"在一间公寓。一个朋友的朋友，他们是一年前在华盛顿广场户外艺术展上买的，也可能是两年

[①] "弗瑞尔"的英文是Verrill，所以归在字母V目录下。

前。印象有点模糊了。"

"嗯,我了解。"

她了解?厉害。"我只知道艺术家的名字,"我说,"格拉堡。"

"格拉堡。"

"格拉堡。"我表示同意,还拼了出来。

"这是名还是姓?"

"签在画布最底下的字,"我说,"天知道是什么,有可能是他家猫的名字,不过我猜是他的姓。"

"你想找他?"

"对。对艺术我是一窍不通——"

"但我敢打赌你知道自己喜欢什么。"

"有时候吧。我喜欢的绘画作品不是很多,但这幅我喜欢,而且想忘都忘不了。持有人说他不想卖,于是我就想到也许可以找到画家,看看他还画了什么,可是怎样才能找到呢?他不在电话簿里——我是说格拉堡,我不知道怎样才能联络上他。"

"所以你就打电话过来。"

"对。"

"真希望你不是这么早打来。不,不用道歉,反正我也该起床了。你是不是对着电话簿,把上面每家画廊的电话都打过了?看来你是电话公司的股东啊。"

"不是,我——"

"要不然就是你很有钱。你有钱吗?"

"也不是特别有钱。"

"如果你很有钱的话,或者比较有钱也行,我就可以给你看很多看不完的漂亮作品——虽然画它们的不是格拉堡先生,或者格拉堡女士。你何不干脆过来这儿瞧瞧呢?"

"呃……"

"恐怕我们的收藏里没有格拉堡。不过有很多丹妮丝·拉斐尔森的油画和丙烯作品,还有她的一些素描。你也许从没听说过她。"

"呃,我——"

"但这会儿你可是在跟她说话。印象深刻吧?"

"当然。"

"真的吗?我可想象不出为什么。我想我从没听说过什么叫格拉堡的画家。你知道咱们城里有几百万个艺术家吗?也不是真的有几百万,不过加起来也有好几吨了。你真的打电话给所有的画廊了吗?"

"没有。"我说,在她打断我之前,又补充道,"事实上,第一个就是打给你的。"

"真的?我怎么会有这样的荣幸呢?"

"我比较喜欢你们的名字。窄廊画室。"

"我选这名字是因为这个阁楼形状诡异,越往后面走就越窄。我正开始后悔没把它取名叫丹妮丝·拉斐尔森画廊呢,反正这也算是免费广告嘛,不过叫它窄廊画室终究还是有了回报。我赚到了一个电话。格拉堡都画些什么?"

妈的,我怎么知道?"算是现代派吧。"我说。

"天哪,这可没想到。我还以为他是十六世纪法兰德斯绘画大师呢。"

"呃,抽象画,"我说,"几何图形之类。"

"粗线条的?"

这是什么意思?"对。"我说。

"天哪,现在大家都画这个。别问我为什么。你真的喜欢那玩意儿?我是说,那种画除了有趣的形状和颜色,还剩下什么呢?在我看来,那是候诊室用的画。你明白我的意思吗?"

"不明白。"我困惑地说。

"我是说你可以把这种画挂在候诊室或旅馆大厅里,效果很不错,不会让任何人不高兴,能跟装潢搭配,可它是个什么?倒也不是说它不写实,我是指就艺术而言,那他妈的是个什么东西?我是说你如果想把它挂在牙医诊所的话,那效果一定很棒。说不定你就是牙医呢,那就算我刚才说错话了吧。你是牙医吗?"

"天啊,不是。"

"你听起来好像跟牙医完全相反,天哪,我在说什么啊?没准你专门打掉人家的牙齿。我今天早上有点神志不清,或者现在已经是下午了?哦,真的是下午了,对吧?"

"从刚才开始算是了。"

"GAG。"

"你说什么?"

"要找到你的格拉堡只有这个办法——虽然我真觉得你犯不着费这工夫。照我看,你该做的就是买下独一无二的丹妮丝的美丽画作,如果不行的话,你可以试试ＧＡＧ。这是首字母缩写,指的是哥谭艺术家协会①。他们是一家提供信息的服务社,你到那里去查查吧。每个人的作品在那里都有存档,资料按照艺术家的名字编成了索引,而且他们可以告诉你哪家画廊负责哪个艺术家的作品。如果他没找画廊代理,他们也可以告诉你怎么跟他取得直接联系。办公室在城中区,我想是东五十几街。哥谭艺术家协会。"

"我想我是爱上你了。"

"真的?这可太突然了,先生。我只知道你不是牙医,这对你有利,真的。我敢打赌你结婚了。"

"我敢打赌你错了。"

"是吗?那便是和别人同居,嗯?"

"没有。"

"你体重三百磅,身高四英尺六英寸,而且身上长疣。"

"呃,最后一条你可说错了。"

"很好,因为疣会让我浑身发毛。你叫什么名字?"

---

①哥谭艺术家协会,原文为Gotham Artists' Guild,因此首字母缩写是GAG。Gotham是纽约市的别称。

警察会盘问到这位女士头上吗?不会。"伯尼,"我说,"伯尼·罗登巴尔。"

"天哪,要是我嫁给你,我名字的缩写都不用改呢。我所有绣了R[①]的上衣都可以留着。可是我们还没见过面呢。我们在电话上共享了这个神奇时刻,但我们永远不会面对面。伤感,不过无所谓。你对我说了你爱我,这可比我昨天遇到的所有事情都棒。哥谭艺术家协会。记住了?"

"记住了。再见,丹妮丝。"

哥谭艺术家协会位于东五十四街,在公园大道和麦迪逊大道之间。他们在电话上告诉我说得本人亲自去,于是我便乘公共汽车往上城去,然后步行到他们的办事处。他们在一家日本餐厅楼上,我得走两段楼梯。

我对丹妮丝是即兴表演,一边说一边编故事,但现在我是有备而来,毫不迟疑地对着一个长得像猫头鹰的小伙子滔滔不绝。他拿来一台幻灯机和几张柯达幻灯片。"我们只有这一个格拉堡,"他说,"你看像不像你记得的那幅画。"

看起来根本不像我描述给丹妮丝听的画,而且我差点脱口而出,说我刚想起那幅画根本就不存在。原来格拉堡

[①] 拉斐尔森(Raphealson)和罗登巴尔(Rhodenbarr)的首字母都是R。

酷爱大胆地泼洒颜色和形状不规则的色块，根据的原则对这位艺术家来说无疑颇具深意。不是我通常会喜欢的东西，不过我看到的是缩小复印的版本，如果目睹原作，也许我会折服。

得装得像真的一样。"格拉堡，"我的口气很肯定，"我看的画跟这些挺像。一定是同一个艺术家。"

我无法得到地址或者电话号码。艺术家如果有画廊代理的话，他们就只会透露这一点，而沃特·依格纳修斯·格拉堡是由格林街的柯特诺画廊负责代理的。这个画廊也在SOHO，离丹妮丝·拉斐尔森那儿很可能只有几步之遥。但也可能还要远一些，我对格林尼治村以南的地理状况知之甚少。

我找到付费电话——在中央公园东边五十五街的威治沃斯饭店——打到柯特诺画廊，没人接；打到吉莉安的公寓，没人接；打到克雷格的诊所，还是没人接。我打到四一一，问查号台小姐曼哈顿是否登记有沃特·依格纳修斯·格拉堡的电话。她说没有。我谢过她，她说不客气。我想到再打给丹妮丝，告诉她我终于联络到了我的格拉堡，并谢谢她的建议，但我克制住了自己。然后我又打到柯特诺、吉莉安家，还有克雷格的诊所，还是全都没有回音。没人在家。我拨了我自己的号码，证实了我也不在家。全世界的人都外出吃午餐去了。

雷·基希曼已经说了他要克里斯特尔的一半珠宝，而东西根本就不是我偷的。他把事情想错了,可是也非常接近事实。托德拉斯和奈斯旺德知道我说的姑姑的事全是胡编的,也知道我是小偷。我不清楚他们是否知道这案子牵扯到许多珠宝,也完全猜不出他们跟吉莉安说了些什么,而吉莉安又会跟他们说些什么。克雷格的情况我也没弄明白。他可能还在牢里,而如果布兰肯施普知道要为客户着想的话,应该已经告诉过他不许开口。问题是有几个律师会替客户着想呢?克雷格随时可能决定揭了伯尼这个贼的老底,到时我该怎么办呢?我和命案只隔着一张票根,可要说它是什么牢不可破的盾牌,连我自己都不相信。

我四处游走。这是个还算得上美丽的秋日。烟雾稍稍遮蔽了太阳,不过天色依然美丽明亮,是那种你坐牢期间偶尔得以在运动场上呼吸到新鲜空气时才会懂得欣赏的天气。

妈的,是谁杀了那女人?W.I.格拉堡?秃比?律师约翰尼?凶手和情人是不是同一个人?或者凶手杀她是因为忌妒她的爱人,还是另外有个我完全没想到的理由?而珠宝又扮演了什么角色?还有克雷格呢?另外,最令人恼火的,我又是什么角色?

我不断进出电话亭,再一次打到柯特诺画廊时,响两下后有个女人接了电话。她听起来比丹妮丝·拉斐尔森年纪大,说话也没那么风趣。我说我得知她代理沃特·格拉堡的作品,而我是他的老朋友,想联络他。

"哦,我们以前是有他的一些作品,不过我想不起来有哪幅成交过。他本打算凑足 A 级画作办个展览,可是一直没成功。你怎么知道应该打给我们?"

"哥谭艺术家协会。"

"哦,GAG,"她说,"他们还把我们列为沃特的代理画廊吗?真想不到。他从没真正吸引过什么顾客,你知道,然后他又去搞平面设计,并开始对版画技巧产生极大的兴趣。最后他就不再画画了,我觉得这简直是暴殄天物,因为他最擅长的就是把握颜色,可是他却开始陷入细节处理和自我局限。你也是艺术家?"

"只是他的老朋友。"

"那么这些话你也不用听了。你只是想知道他家在哪儿。稍等。"我等着,过一会儿总机便提醒我再投五分钱进去。我往投币孔里丢了一角,告诉她不用找钱,她连谢谢都没说一声,然后柯特诺画廊的那个女人便念出一个国王街的地址。我想不起国王街在哪儿。

"国王街?"

"哦,我打赌你是外地人,对吧?"

"没错。"

"国王街在 SOHO,不过接近边缘了。离 So of Ho 一个街区远。"她机械地笑起来,仿佛经常玩这个小小的文字游戏，都玩腻了，"我是说 South of Houston①。"

"哦。"我说。这会儿我想起国王街在哪里了，可是她又继续解释我该怎么乘地铁上那儿，诸如此类的废话，没一句是我需要听的。

"这是我知道的最新的地址，"她说，"但我不敢说他还在那里，不过我们的通讯地址列表里一直有他，画廊开幕的时候会寄邀请卡过去。信都没被退回来过，所以如果你写给他，邮局应该会帮忙转寄，只是……"

她不停地说。说什么档案里没有他的电话号码，但我可以查电话簿，当然如果我已经查过的话就不必了，而且也许他有电话但没登记。当然，如果我找到国王街的那个地址，而他又不在的话，就问管理员，绝对错不了，他们偶尔还能帮得上忙……总之全是些小学四年级的学生都可以想出来的白痴建议。

总机又插话进来要我投币。它们是无底洞。我正准备再塞硬币到投币孔里，突然恢复理智挂断了电话。

我手里拿着那个硬币，又把它放进口袋。然后，好像是下意识地，我开始拨电话。我打到吉莉安的公寓，是一个男人接听的，我对他说："抱歉，打错了。"然后便挂了电话。我皱起眉头，核对了钱包里那张卡片上的号码，再次皱眉，又摸出一个硬币——现在我的储蓄还很多——然

---

① Houston 指休斯敦街，SOHO 命名的由来是这个区位于休斯敦街以南。

后再拨一次。

"喂?"

同样的声音,我多年来常听到的声音,不过平时说的不是"喂",而是"请再张大一点"。

克雷格·谢尔德里克的声音。

"喂? 哪一位?"

这儿除了我们小偷没有旁人,我想,那么你又在那里做什么呢?

12

从格林尼治村南端再往下一点,由迈道格街向西朝哈得孙河延伸,便是国王街了。SOHO 是由商业区改造成的艺术家聚居地,但格拉堡住的国王街的这一段长久以来基本上都是住宅区。这个街区上大都是面貌崭新的四层或五层楼高的棕色石造房屋。随处可见由老旧的商业建筑新近改造成的艺术家的住宅,让我想起自己目前置身于休斯敦街以南。

格拉堡住的房子是其中之一。它距离第六大道几个门面,是幢正方形的暗红色砖造建筑,有四层楼高,但每层天花板都比较高,所以屋顶和它两旁的五层楼棕色石造建筑齐平。每一层都有从地面顶到天花板的工业厂房大窗户,而且横贯整个建筑,这对艺术家和暴露狂来说都是显而易见的优点。

还有个优点是二楼那片名副其实的丛林,热带感十足的一大片绿色实在耀眼夺目。植物吸收着午后的阳光。这幢建筑位于国王街靠上城的那端,所以窗户朝南,这对植物来说或许很好,可是对偏爱北面光线的艺术家可就不那么合适了。一楼、三楼和顶楼都用窗帘挡住了南面的阳光,以免作品被毁掉。不过也可能是因为房客们都在睡觉,或是出门在外,或是在看家庭电影……

我打开门,站在面对另一扇门的小通道里,而那扇门上了锁。锁看起来颇为牢靠。透过门上嵌着的一扇窗户——玻璃上罩着铁丝网,还真不是开玩笑的——我可以看到一截楼梯,一座大型运货电梯,以及一扇想来是通向一楼的门。安装这扇门也许是出于安全考虑,因为自从一楼被设为商店,房子正面就另有出入口。估计一楼的住户是经由他们自己前门的投递口取信,因为我站的小通道上只有三个信箱,下面分别安装了电铃,中间的信箱上贴着格拉堡的名字。没有什么特别的,就是在一条不透明胶带上用软芯铅笔以印刷体写上名字,传达信息的目的是达到了。

看来他的住处位于三层正中,要上去的话得上两段楼梯。我朝门铃伸出手,又犹豫起来,真希望有他的电话号码。毕竟我还有一口袋的硬币。如果能打个电话过去,就能知道要不要开他的门。见鬼,如果我打过去,什么事都有可能发生。也许会是他太太接,也许是克雷格·谢尔德里克接,他这阵子好像什么电话都接……

不过我不愿意想这个。我乘出租车到市中心就是想完全抛开克雷格，不愿去想他的声音怎么会出现在吉莉安的公寓里。如果我开始想那件事，就会纳闷他怎么没在牢里，而是在吉莉安家里，以及警察是从什么时候开始让杀人嫌疑人保释出狱，四处逍遥的。我甚至会想警察为什么会撤销克雷格的罪名，而他们又是在找谁取代他。

天哪，谁会愿意想这种事啊！

我按下格拉堡的门铃。没反应。再按一次。再次没有反应。我若有所思地看着那道锁，碰碰裤子口袋里那串精巧的工具。锁不会让我害怕，可我怎么知道他家没人？格拉堡是艺术家，他们这帮人的作息原本就异于常人，而且这家伙没有登记电话，也许根本就没装电话。说不定他还是个脾气暴躁的家伙，如果碰上他正好在睡觉或工作的话，没准他只会说一声"去他的"，就让门铃一直响着；如果我大摇大摆地进去，他受到这种骚扰，难保不会像一只被打断冬眠的狗熊一样发威。

"需要帮忙吗？"

后面的门什么时候开了我都不知道。我让自己深吸一口气，然后转过身，把我的五官重新组合成从理论上讲还算愉悦的笑容。"只是在找人。"我说。

"谁？"

"但他好像不在家，所以我想——"

"你找谁？"

我怎么没注意到其他两个住户的名字呢？不知怎么

的,我好像知道这人是谁。虽然没有合理的理由认为眼前这片笼罩过来的阴影就是沃特·依格纳修斯·格拉堡,但我愿意用口袋里所有的一角硬币打赌,他就是。

他真的是笼罩过来的。他的个子异乎寻常的高,足有六英尺六英寸——虽然在职业篮球场上只能当个后卫,但在人生球场上他肯定是前锋。剪成汤碗形状的金色直发盖在宽广的前额上,颧骨高耸,两颊下陷。鼻梁被打断过一次,我很同情干那事的蠢货,因为格拉堡看起来懂得如何以牙还牙。

"呃,格拉堡先生,"我说,"我在找一位格拉堡先生。"

"哦,是的。我就是。"

我可以想象到他攻向画布,将一把三英寸的刷子浸在一夸脱刷门的油漆里的情景。他双手巨大——小小的牙科手术刀放在里面根本看不到。如果这人想杀克里斯特尔,那么仅仅这双手就比它有可能握着的任何武器都要致命。

我说:"奇怪,我以为年纪还要大一些。"

"我看起来比实际年龄小。有什么问题吗?"

"你是威廉·C.格拉堡先生吗?"

他摇摇头。"沃特。沃特·I.格拉堡。"

"真奇怪。"我说。本该有个笔记本拿出来翻一翻,或者有张纸什么的。我从钱包里掏出吉莉安的那张美容预约卡,放到格拉堡看不到的角度。"威廉·格拉堡,"我说,

"也许他们弄错了。"

他没说话。

"肯定是他们弄错了。"我说着又看了看卡片,"格拉堡先生,你有个姐姐,对吗?"

"我是有姐姐。两个。"

"你有个姐姐叫克拉拉·格拉堡·乌尔里奇,住在马萨诸塞州的伍斯特,而且——"

"没有。"

"嗯?什么?"

"看来你真的找错人了。我有两个姐姐,分别叫丽塔和弗洛伦丝。丽塔是修女,弗洛伦丝住在加州。这个克拉拉是干什么的?"

"呃,克拉拉·格拉堡·乌尔里奇已经去世了,几个月前的事,而且……"

他摆了摆一只巨掌,把克拉拉·格拉堡永远排拒在外。"这我没必要知道,"他说,"你找错人了。我是沃特·I.格拉堡,而你找的是威廉。"

"威廉·C.格拉堡"

"嗯,总之不是我。"

"呃,抱歉打扰你了,格拉堡先生。"我往门口走。他侧身让我过去,但一只手却落在了门把上,放在那儿不动。

"等等。"他说。

"有什么问题吗?"难道这大块头突然想起了失散多年

的姐姐？哦，天哪，他不会是决定要分一点那笔无中生有的遗产吧？

"这个地址。"他说。

"怎么了？"

"你是怎么找到的？"

"我的公司提供的。"

"公司？什么公司？"

"卡尔森、吉德和迪尔事务所。"

"是干什么的？"

"律师事务所。"

"你是律师？不，你不是律师。"

"的确不是，我是法律调查员，帮律师工作。"

"这个地址没有在任何地方登记，他们怎么会有的？"

"有市区地址簿，格拉堡先生。就算你没有电话，所有住户的——"

"这地方我只是转租。登记的住户不是我，不管什么地址簿上都没有我的名字。"他的头往前一伸，炽热的双眼向我俯来。

"GAG。"我说。

"嗯？"

"哥谭艺术家协会。"

"他们给了你这个地址？"

"公司向他们要到的。我这才想起来。哥谭艺术家协会。"

"那是很多年前的事了,"他说,眼睛睁得很大,一副不可思议的样子,"那时我还在画画,专攻色彩。大号的画布。我的视野广,灵感多——"他中断了这段回忆,"你帮这家律师事务所工作,可星期六却跑到这里来?"

"我的工作时间很有弹性,格拉堡先生,不用朝九晚五。"

"这样啊。"

"呃,那你忙吧,我就不打搅了。"

我抬脚想往门口走去。他的手却留在门把上一动不动。

"格拉堡先生——"

"你他妈的到底是谁?"

天哪,我怎么会让自己蹚这个浑水?要怎么样才能脱身?我开始重放录音带般说我是法律调查员,重复事务所的名称,这些话全都像团烟雾一样荡在空中。我为自己取了个名字,类似约翰·多尔之类,可又不像这个名字这么有原创性。然后我又看了看美容预约卡,好像上面有什么会给我灵感,这时他伸出一只手。

"让我看看。"

那上面并没有我谎称的信息,只有吉莉安的电话、地址和另一面上与凯斯的预约。而他的大手就在那里,要求我把卡片给他。

我正要把卡片递过去,忽然停住了,发出恐怖的呻吟，然后双手猛地合起，连同卡片一起贴住胸膛。

"你到底——"

"空气！"我声音嘶哑地说，"空气！我快死了！"

"他妈的这是——"

"我的心脏！"

"听着——"

"我的药！"

"药？我没——"

"空气！"

他把门拉开。我往外踏出一步，弯下身咳嗽，然后再踏出一步，直起身像个无赖一样飞快地跑了。

13

幸好沃特·依格纳修斯·格拉堡没有晚上绕着格拉梅西公园跑步的习惯。如果后面追着的是长跑选手,我肯定没有机会。我看他当时连试都没试。我比他早跨出几步,他完全没料到我要逃跑。我虽然没停下来看他是否跳上人行道追我,却听到他在叫"喂!"还有"妈的,干什么啊?"还有"你要上哪儿去?妈的!"声音在我后面变小,而且是迅速变小,说明我像个贼一样很专业地逃跑时,他只不过是站在原地大吼。

不幸的是我也没有慢跑的习惯,所以靠着被激发出来的肾上腺素跑过两个路口后,我一手用力抓住胸口,一手抱住灯柱。我的心脏怦怦狂跳得显然很不健康,同时我也喘不过气来,不过那位昔日的绘画大师也不见踪影,这就意味着我没有危险。两个警察在为命案找我,还有一个开口要我并没有偷到的珠宝的一半,但至少我目前不会被一个疯狂的艺术家活活打死,这也算是小有成就。

恢复正常的呼吸后,我顺着路走到春天街的一家酒吧。这家店没什么艺术气息,坐在那儿喝烈酒或啤酒戴着布帽子的老人也没什么气质。它可能在SOHO全面整修以前很久就开始营业了,多年下来累积了一种温馨的气氛,以及由发霉的啤酒、有问题的水管和湿漉漉的狗融合而成的家庭的味道。隔着几张凳子,两位绅士正在追忆鲍比·汤普森那个全垒打如何为巨人队赢得了一九五一年的锦标赛。他们当时属于纽约巨人队,对这两位饮酒的同伴来说,那就好像发生在前天一样。

"是拉尔夫·布兰卡投的球。鲍比·汤普森猛击过去。我总是在想,当时拉尔夫·布兰卡到底作何感想。"

"他从此名垂千古啊。"另一个说道,"要不是他投了那一球,你怎么会记得拉尔夫·布兰卡?"

"瞎说。"

"你不会记得。"

"我会忘掉拉尔夫·布兰卡?瞎说。"

啤酒喝光后,我走到后面的电话那里试着拨吉莉安的号码。铃响时,我在思索如果是克雷格来接我应该跟他说什么,不过他没接,而且也没有别人接。铃响过八声或十声后,我收回了那一角硬币,向查号台要到了克雷格家的电话号码。铃响了三下后他接了。

"嘿,"我说,"我牙疼。请找吉莉安,好吗?"

很长一段沉默。应该正在努力思考吧。然后他说:

"哎哟,伯尼,你可真冷静。"

"冷静得像根黄瓜。"

"你可真不简单,伯尼。在哪儿打的电话?哦,算了,不用说了。我不想知道。"

"你就不想要点信息?"

"你这是在学谁说话?"

"彼得·洛。我知道学得不是很像。但鲍嘉我可学得太像了,亲爱的,不过我学彼得·洛就比较业余①。我要跟吉莉安讲话。"

"她不在这里。"

"她在哪里?"

"家里,应该。我怎么会知道?"

"你之前在她那儿。"

"你怎么知——哦,打错电话的那个人就是你。听着,伯尼,我看我们还是别通电话的好。"

"你觉得电话有人监听,是吗,亲爱的?"

"天哪,够了。"

"这段鲍嘉的戏我模仿得不差啊。"

"够了,够了,什么都别说了,好吗?我坐了牢,被警察骚扰,我的私生活全摊在该死的报纸上任人观赏,我前妻死了,而且——"

---

① 彼得·洛在根据哈米特的小说《马耳他之鹰》改编的同名电影中饰演一个地中海人,亨佛莱·鲍嘉则饰演侦探萨姆·斯佩德。

"呃，兆头不好，对吧？"

"嗯？"

"你祈祷克里斯特尔快点死，结果她还真——"

"天哪！你怎么可以这么说话？"

"我有盗贼的胆量。他们什么时候放你出来的？"

"几个小时以前。"

"布兰肯施普是怎么办到的？"

"布兰肯施普根本就没有经验，他只知道让我老实坐在那里。于是我就坐着。也许他们给我剃光头发，安上电极棒的时候我还那样坐着，一直到他们按下按钮让我受死，到时说不定我还更老实呢。"

"现在已经不兴这套了。"

"凭我的运气，这一套说不定又要流行起来。我把布兰肯施普甩了。那白痴就是不信我没有罪。他要是觉得我有罪，我要他还有什么用？"

"多年来我的律师对我用处可大了，"我说，"可他一直都觉得我有罪。"

"但你的确有罪，不是吗？"

"那又怎样？"

"可我是无辜的啊，伯尼。我甩掉了布兰肯施普，找到我原来的私人律师。他不是刑事律师，但他知道我的为人。他能弄清楚屁眼和地上的洞是不同的，而且他也愿意听我把话说完，还告诉我要怎样向警察稍稍透露一点信息。所以今天早上十点他们就打开了牢房的锁,又把我当人看了。这变化感觉不错。被关起来的滋味可不好受。"

"这还用说。你跟他们说了什么?"

"跟谁?"

"警察啊。你说了什么让他们给你松了手铐?"

"都是些无关紧要的事。我只不过松了一点口。"

"松口讲了什么?"

又一次停顿,但没有第一次长。这次不是思考,更像是——呃——想回避问题。然后他说:"吉莉安说反正你有不在场证明。你在看拳击比赛。"

"妈的,你这个浑蛋,克雷格。"

"我只跟他们提了珠宝,没别的。还有我们的那段谈话。"

"你跟他们说了你说服了我偷她的珠宝?"

"没有,伯尼。"他语气谨慎,仿佛是说给正在窃听的耳朵听的,"我只说了我提到克里斯特尔的珠宝时多少有些抱怨的成分,你听了好像还挺有兴趣,可当时我当然不知道你是小偷,而且——"

"你这个狗娘养的,克雷格。"

"你真的发火了,是吧?天哪,伯尼,你不是有不在场证明吗?等等。喂,等等。"

"克雷格——"

"果然是你干的。"他说。也许他真的信了,也许他还在朝窃听的耳朵说话,也许他是想证明把我的名字透露给警方是对的。"你星期四晚上去了。她打断了你的工作,你情急之下杀了她。"

"这话毫无道理,克雷格。"

"可你怎么会用我的手术刀?你怎么刚好就有一把在口袋里?"他边说边想,我估计他还不太擅长这种程序,"等等。喂,等等!整个案子你预先都计划好了,让我来背偷东西和杀人的罪名。想必你一直都在勾引吉莉安,没错,你除掉我,是为了把机会留给自己。就是这么回事。"

"简直不敢相信我的耳朵。"

"你最好开始相信吧。天哪,伯尼。然后你还胆敢打电话来说要跟她讲话。你可真了不起,我只有这句话可说了。"

"我有盗贼的胆量。"

"这话你再说一遍也不嫌多。"

"我也不是特别想。克雷格,我——"

"我看我们还是别通电话了。"

"你得讲点道理,克雷格,我——"

咔嗒!

他挂了电话。他先是把我交给警察,这会儿索性挂了我的电话。我抓着死去的话筒站在那里,摇头感叹人对人竟然会如此无情。然后我又投进一角硬币再打给他。响了八下没人接。我切断连接,把一角硬币塞回投币孔,再拨一次。这回是忙音。

吉莉安的电话打了两次都没人接,我开始纳闷是不是颠倒了两个数字。我翻看钱包想找她给我的卡片,可是自从和格拉堡对峙之后我就没把它放回去。我检查口袋。糟糕——不见了。她说过这号码没登记。我试了查号台,结果当然是没查到。我再拨一次我记住的号码,还是没人接,然后我抬起头改拨克雷格诊所的号码,铃响时还自问为什么要这样浪费时间,而就在我打算提供答案时,她拿起了话筒。

她说:"哦,感谢上帝!你的电话我打了好几个小时。"

"我不在家。"

"我知道。听着,全乱了。克雷格已经出狱,他们放了他。"

"我知道。"

"是这样的,他把你的名字说了出去,说你有可能拿走了克里斯特尔的珠宝什么的。他跟警察说话就好像在化妆一样。"

"我敢打赌绝对是。"

"所以今天早上那些警察才会过来。他们一定是知道他就要被放出来了,才赶在那之前来找我询问。这都是我猜的。而且他们在找你。我照你的话跟他们说了,至少我已经尽量不出错了。我太紧张了。"

"我可以想象。"

"还好你去了看拳击比赛,还有证据。我看他们是想把命案栽到你头上。"

我咽了口口水。"是啊,"我说,"还好我有不在场证明。"

"克雷格说他们在找克里斯特尔遇害那晚看到你在她家附近的目击者。可你那晚根本不在,他们哪里找得到人呢?我告诉他,他那样说你实在不应该,可他说他的律师告诉他,他想出狱就只有这法子。"

"卡尔森·弗瑞尔。"

"对,他说另外那个律师根本就没帮上忙。"

"哈,感谢上帝有老卡尔森·弗瑞尔鼎力相助。"

"他不老。而且说实话我也不太感谢他。"

"我也一样,吉莉安。"

"我觉得这整件事从头到尾就是一团糟。我是说,当初你想帮他的忙,可是看看他现在是怎么回报你的!我想跟他说你在找真凶,可我看他根本就没注意听。他来到我的公寓,我们为这事吵了一架,结果他怒气冲冲地走了。哦,其实他没被气跑,是我赶他走的。"

"哦。"

"因为我觉得他们很恶劣,伯尼。"

"我也是,吉莉安。"

"我来这里是因为我想查看档案,可是到现在为止我只是在浪费时间。档案里根本找不到叫格拉堡的病人。"

"嗯,我找到格拉堡了。他画画说不定还行,可跑步完全是个外行。"

"要是你已经问到了秃比的名字,我现在就可以查档案找他。我没查到有谁登记了在蜘蛛酒吧工作。那地方是叫这个名字吧?"

"没错。"

"不过我没有每张卡都看。另外我也在找叫约翰尼的人,查了他们是不是律师,不过似乎没什么指望。"

"算了,"我说,"反正要解决这事得用别的方法。听着,我想查查秃比,但有几件事得先弄清楚。你今晚会在哪里?"

"家里。怎么了?"

"一个人吗?"

"据我所知是的。克雷格不会过来——如果你是这意思的话。我还真是懒得提他。"

"那我过去怎么样?"

停顿一下——既不是在思考也不是在逃避,姑且称之为吊人胃口吧。"听着不错,"她说,"什么时候?"

"我不知道。"

"你不会……呃……"

"喝醉?今晚我打算和橄榄油保持距离。"

"其实我觉得你不如跟弗兰奇保持距离。"

"好主意。我不知道什么时候会到,因为我还不能确定其他事情要耽搁多久。我应该先打个电话给你吗?嗯,我会先打电话。你那张写着号码的卡片被我弄丢了。等我拿支笔,好了。你那边是多少?"

"RH7-1802。"

"买下路易斯安那的前一年①。我先前拨了这号码,可是没人接。哦,当然没人,你在诊所。事实上你还在那儿,对吧?"

"伯尼——"

"我有点疯狂,但据说我的神经是钢铁做的,这可不容小觑。而且看起来我恐怕真得用上。我会再打电话给你的。"

"伯尼,小心。"

---

① 美国于一八〇三年以一千五百万美元从法国手中买下东起密西西比河,西至落基山脉的大片土地,包括今天的路易斯安那州。

14

"天哪,这不是我的老朋友嘛。"丹尼斯说,"星期六的晚上,可你瞧这儿全是木头人。星期一到星期五真是太棒了,可一到周末,酒友们全回家陪老婆孩子去了。他们周末不需要努力工作,所以也不需要下班后的放松,你懂我的意思吗?可经营停车场不同,这可不是一周工作五天就行的。你要是开了家停车场,一天二十四小时都忙得团团转,哪里还会想把星期六晚上耗在老婆孩子身上啊。你不做停车场的生意。你说过你是干哪行的,可我一时想不起来了。"

我是怎么跟他说的?我说过我是小偷,可是还说了别的吗?"投资。"我说。

"哦,对。天哪,你相信吗,我忘了你的名字。就在嘴边,可偏偏说不出来。"

"我叫肯尼。肯尼·哈里斯。"

"对,对,当然。我正是要说这名字。我叫丹尼斯,做停车场生意。有件事我不会忘,我打赌我记得你喝什么酒。喂，秃比，挪一挪你的屁股，嗯？我再来一杯一样的，另外给我这位朋友肯尼一杯威士忌加冰块。我说得对不对，肯尼？"

"对也不对，丹尼斯。"

"怎么说？"

我对秃比说："先来杯黑咖啡吧。我再度大醉前得先醒醒脑。"

我不需要醒脑。我除了在春天街喝过一杯啤酒外，一整天没碰过酒精，而且那还是几小时之前的事。不过我得保持清醒倒是真的，因为我工作时一向如此，而今晚我可以说是在工作。这会儿我跟我的老朋友丹尼斯站在蜘蛛酒吧的吧台前，老好人秃比正在调酒。小偷刚点了一杯黑咖啡。

"我看你八成在别的地方喝过了，嗯，肯尼？"

谁是肯尼？哦，对。是我。"我是晃过几个地方，丹尼斯。"

"有没有在哪儿看到弗兰奇？"

"没有。今晚没有。"

"按理说饭后她应该会上这儿来。她偶尔会在乔安酒馆或哪家廉价酒吧坐下来不走，不过她通常都靠得住，懂我的意思吗？而且她又不在家。我几分钟前才打电话给她，没人接。"

"她会来的。"秃比说。得这绰号应该是因为他的头。他年纪不大,才三十出头,但乍看上去,光秃秃的脑袋让他看起来老了好几岁。他突出的发亮头顶四周有一圈暗棕色的头发。他的眉毛浓密,下巴翘起,鼻子像颗纽扣,眼睛是温暖的棕色,水汪汪的。他身材瘦削,穿着蜘蛛酒吧的T恤制服还挺好看的。那件T恤是亮红的底色,上面印着银格黑底的蜘蛛网,角落里立着一只虎视眈眈的蜘蛛,手臂伸开,欢迎一位怯生生的苍蝇小姐。"这个法兰西丝啊,她就是得先四处逛逛。"他说,"待着别走,天亮前肯定能见到她。"

他往吧台另一头走去。"她会来,也可能不来。"丹尼斯说,"但至少你在这儿,就有人可以和我一起喝酒。我最讨厌一个人喝闷酒了。独自喝就只是酒鬼,你懂我的意思吧?我嘛,有没有酒无所谓。我来这儿要找的是伴儿。"

"我懂你的意思。"我说,"我看弗兰奇这阵子还真的是在借酒消愁。"

"你是说因为那个叫什么来着的人?遇害的那个?"

"没错。"

"是啊,可怕的事。几小时前我跟她通过电话,她听起来糟透了。"

"沮丧?"

他想了想。"应该是情绪不稳。"他说,"她说他们放了那个丈夫,是个兽医还是什么的。"

"好像是牙医。"

"呃,差不多。她说她得付诸行动。我不知道,说不定她已经喝了几杯。你知道她那人。"

"当然。"

"女人跟你我不一样,沉不住气。生理原因,肯尼。"

不管这是不是提示,我立刻付诸行动,朝秃比挥挥手,让他给丹尼斯续上了酒,给我续上了咖啡。酒保走开后我说:"这个秃比,一分钟前还叫她法兰西丝呢。"

"呃,那是她的名字,肯尼。法兰西丝·艾克曼。"

"大伙都叫她弗兰奇。"

"那又怎样?"

"你知道的,我只是在想,"我的手在空中胡乱画了个圈,"你知不知道秃比叫什么名字?"

"见鬼,我想想。我以前知道的。我以前肯定知道。"

"除非他父母就叫他秃比,可哪有这样叫小孩的呢?"

"不对,他们不会给他取那种名字。他小时候肯定有头发。他妈妈生下他的时候,他的头发肯定比现在多。"

"我们在这儿跟他买了这么多酒,可谁都不知道那家伙的名字,丹尼斯。"

"经你这么一说,还真是的,肯尼。"他举起杯子一饮而尽。"妈的,"他说,"喝完了我们再跟他叫一轮酒,问问他到底是谁,或者他以为他是谁,怎么样?"

结果喝了不止一轮,而是好几轮,等我们弄清楚秃比名叫托马斯,姓科克伦,就住在附近的时候,我已经喝下了不知多少咖啡。往男厕所的路上,我去查看电话簿里秃比的资料。有个叫托马斯·科克伦的,住在第一和第二大道之间的东二十八街。我试了那个电话,没人接。我回头看了看,没发现有人注意我,便撕下那页以供日后参考。

回到吧台,丹尼斯说:"她可有个朋友?"

"嗯?"

"我猜你是在跟女人通话,所以问你她有没有朋友。"

"哦。她没敌人就是了。"

"嘿,这话说得好,肯尼。我敢打赌他小时候大家都叫他软木头①。"

"谁?"

"秃比啊。姓科克伦,大伙当然会叫他软木头,对吧?"

"应该是吧。"

"妈的,"丹尼斯说,"喝完了咱们去问问那家伙。喂,软木头!你给我过来,你这混球!"

我把一只手放到丹尼斯的肩上。"现在我不奉陪了,"我说,把几张钞票推过吧台给秃比,"我得去找个人。"

"是啊,而且她没敌人哦。说来,如果她有朋友的话,回头带她过来如何?我还要在这儿坐一会儿。说不定弗兰奇也会过来喝两杯,总之我会在这儿。"

"那也许就待会儿再见了,丹尼斯。"

"我就在这儿,"他说,"还能上哪儿去?"

---

① 在英文中,"软木头"(Corky)和"科克伦"(Corcoran)的读音相近。

15

秃比·科克伦住的房子是战前建造的十二层高楼,大厅是装饰派艺术的设计风格,门卫自以为是圣彼得[①]。我躲在马路对面,看着他一一确定每个朝拜者都有位货真价实的房客在热情等待。我考虑过要以他不认识的房客的身份蒙混过去,可是从他那样子来看,此事并不容易,而且我也不确定我的自信程度足以应付这种琐事。

这幢楼的右边是一座五层的棕石建筑。左边的楼则是幢十四层高的住宅——纽约房地产业有各种奇怪的迷信,所以想来它其实只比秃比住的这幢高一层而已。这幢建筑也有门卫,但不像秃比那幢楼的那位上过访客确认课程,所以我就算穿件条纹囚衣走过去也不会有问题。

不过首先我得知道秃比公寓的门牌号,所以我假称是他的访客,看着门卫按下某个对讲机的按钮。没人接听之

[①] 圣彼得是耶稣的十二门徒之一。

后，我确认了两件事：秃比住在 8H，而且他家没人。我走到远处的路口，再折回一段距离，轻轻松松地走过隔壁那幢建筑的门卫，点头微笑，还说了句"挺不错的晚上，嗯？"他表示同意，但还是看着他的报纸，没抬头。

我乘电梯到顶楼，爬一段楼梯上到屋顶。曼哈顿有些屋顶是天文学爱好者的聚集地，有的则成了求爱中情侣的爱巢，另外有些则沦为屋顶花园。这个屋顶——感谢上帝——是空的，我走到边缘，在黑暗中俯视着十二英尺左右的距离，从这个距离掉落下去显得比走下去长得多，情况还有可能更糟糕，比如屋顶之间还有间隙。可如果这样，我原本就不会上来。

我一定是浪费了几秒钟鼓足勇气。这种事其实我以前也不是没干过，而且在别无他法的时候，如果你连恐高症都无法克服，唉，你还是别当小偷了。我爬上来又跳下去了，落地时双脚微感疼痛，但没扭着脚踝。我弯了几次膝盖，确定腿还能用，吐出一口我没意识到一直憋着的气，然后抬脚走向通往大楼的门。

门从里面反锁，但这对我来说当然是最不在话下的问题。

秃比的锁也不是问题。我走到他家门口时，刚好有个中年男子从走廊尽头的一扇门里冒出来，朝我这个方向走来。我敢发誓我在药品广告里见过此人向他的药剂师询问什么——呃——有关便秘的常识。我敲敲秃比的门,皱着眉头说:"对啊,是我,老弟。这门你是开还是不开?"

里面传来的是寂静,当然。

"哦,好,"我说,"可你快一点,嗯?"我看着渐渐走近的绅士,迎着他的目光,无可奈何地转了转眼睛。"在洗澡,"我抱怨道,"所以我得站在这儿,等他擦干穿上衣服什么的。"

他同情地点点头,匆匆走过,无疑是希望我剩下的怨言别再说出来了。等他绕过转角,我拉出那串工具,花的时间还不够宣布我在做这件事。他用的那种弹簧锁是关门后自动锁上的,而且他也没费事再用钥匙锁一道,所以我只需要用一根弹簧钢丝就能把那玩意儿拨开,然后推开门就行了。

我侧身溜进去,关上门,把门锁得比秃比更加严密,然后摸到电灯开关。我没戴橡胶手套,这其实也无所谓,因为我没打算偷什么。我不过想找些证据,一找着就离开,想办法让警察上门。或许能有个不那么直接的报警方法。

当然,我要真走运的话,说不定还能找到那箱珠宝。这样我就可以带着我的超级亮皮箱连同里面绝大部分的东西奔向自由,留下几个高级且显眼的物件,藏在这里让托德拉斯和奈斯旺德有空的时候慢慢搜查。不过看来——如果秃比是凶手兼小偷的话——珠宝极有可能藏在我不可能找到的地方，而不是留在连门都没锁紧的公寓里面。

我脑子里还在想着这些事情，双手已在忙着四处翻找。地方不大，工程相对而言并不复杂。秃比的单居室公寓比吉莉安的住处大不了多少，家具却少得多。有张没刷漆的桦木床——床下有储藏柜、一组把手各异的桃花心木衣柜——显然是二手货、一把舒服的椅子，还有一对直背餐椅。炉子、冰箱和水槽在房子的后部，用一个珠帘屏风和房内其他部分隔开，但几乎没有什么隔绝效果。

这地方颇为脏乱。酒保工作时必须保持整洁，我曾经一度花了不少时间盯着他们擦亮玻璃杯，然后摆放整齐，本以为他们生来一丝不苟。但秃比的公寓改变了我的这个观念。他的房子里到处是脏衣服，而且床也没铺，给人的感觉是他的清洁女工几个月前去世了，他还没找到人来代替。

我继续翻找，先检查厨房。冰箱里没有冷钱，只有发霉的食品；烤箱中没有烫手的珠宝，全是长年积累的油污和残渣。我尽快转移到了其他区域。

床下的抽屉里有一堆衣服，大都是各种不怎么体面的牛仔裤和T恤，其中有几件红色的蜘蛛酒吧制服，其他的则印着宣传一些机构的名称、口号，或表现生活方式的图案。有个抽屉里藏着各种避孕工具以及成人商店可以买到的情趣商品，如电动按摩棒、刺激器等五花八门的东西，其中的一些橡胶和皮制物品我连名字都叫不上来。

没有珠宝。没有赛尼克眼科和牙科用品供应商的牙科用具。没有价值非凡的物品。我之前想,就算秃比和命案无关,我跑这趟多少也能赚个出差费。毕竟以目前的形势来看,说不定我得花钱请个律师或者买张机票逃到火地岛,再说我只要没用钥匙开门,就希望我花的工夫能有所回报。我可不是业余的,我撬锁可不只是为了兴趣。

没指望了。他有台便携式电视机,梳妆台上有一台收音机和一个拍立得照相机,如果进来的是个瘾君子,想找点东西换袋白面的话,这些玩意儿倒有可能让他满心欢喜,但我可不至于降格以求。梳妆台顶层右边的抽屉有些现金,应该是他以前得来的小费,于是我拿来冲抵我在酒吧的花费——给他的小费也算在里面。事实上我还小赚了一点。那里面的一美元、五美元和十美元的钞票加起来有一两百,我全都抓起来,在桌上理整齐,塞进屁股口袋。当然了,也没多少,但经过我眼睛的钞票就应该变成我的。还有零钱,而且很多,可我把它们留在原处没动,然后关上了抽屉。做人要有原则,要不你会沦落到何种地步?

好了。我完全可以把这小伙子公寓里所有的零碎一一翻出来,但又何必呢?我打开他的衣柜,在夹克和外套之间埋头摸索。上面一格架子上出现的东西让我的心翻腾起来,或者说少跳了一下,也可以说是停止跳动,或者——总之你明白我的意思。

一个公文包。

不是我的。不是超级亮皮而是人造革——发光的黑色假皮。这是两种完全不同的东西。这第二项发现让我失望的程度可远远超过你的想象。有那么一会儿，我以为珠宝就要到手了，而且克里斯特尔·谢尔德里克的命案就要真相大白，可那神奇的一刻转瞬即逝，我又回到了原地。

虽说如此，我当然还是把箱子拿下来打开了。

我惊讶地发现里面满满的都是钱。

16

纸钞用暗黄色的纸条从中间捆成一沓一沓的,每沓约一英寸厚,侧着排在箱子里,所以我看不出面额到底是一美元还是一百美元。有那么一会儿,我只是瞪着眼睛纳闷,然后便拿出其中一沓翻了翻。全是二十美元面额的,而我手上应该有五十张,所以一沓就有一千美元。

我抽出其他几沓看了看。全都是面额二十美元的新钞票。我这会儿手上有——多少?十万?二十五万?

绑票赎金?贩毒进账?这类交易通常会用旧钞。股票内线交易?房地产交易——全部付现而不是入账?

这些交易怎么会和秃比·科克伦扯上关系的呢?他是个酒保,住在一间乱七八糟的房子里,几乎没有家具,而且连门都懒得多上一道锁。

我又仔细看看钱,然后从其中一沓中抽出十张,和我钱包里的钞票放在一起。我把其他钱塞回原处,合上箱子,按下搭扣。

我把他的小费放了回去。他的资金已经和我的混在了一起，算不清我拿了多少，但我看他也不会知道。我把面额不等，加起来大约一百美元的钞票放回梳妆台左上方的抽屉里，想了想后又补上一张他自己的二十美元新钞。我又往抽屉的后部放了一张，只有想搜查的人才会找到。我把第三张钞票放在衣柜架子的后面，把第四张塞进立在衣柜后方的破旧牛仔靴里。

漂亮。

我熄了灯，走出去，关上身后的门。电梯把我送到楼下大厅，门卫跟我说了声晚安。我朝他微微点了点头。之前那一跳还在让我的脚底发疼，这都怪他。

我刚踏上街道就来了一辆出租车。有时候事情就是这么顺利。

纽约各处都有寄物柜，比如地铁站、火车站之类的地方。我用了第八大道港务局公共汽车总站的那个。我打开柜门，把公文包往里面一扔，往投币孔塞了两个二十五美分的硬币，然后关上门，转动钥匙抽出来带走。之前拿着那么多现金到处走感觉很奇怪，这会儿把钱就这样扔在公共场所感觉更怪。

不过要是拎着钱跑到SOHO，那也很不正常。

上帝知道，我真不想上那儿去。前不久我才假装心脏病发作从沃特·依格纳修斯·格拉堡那里逃脱,这会儿我又爬回那伤心地,把头伸进狮子嘴里。

但我告诉自己其实也没那么危险。要是他在家,我按铃他就会回应,那我转身逃跑就行了。但他不会在家,现在是周六晚上,而他又是艺术家,这时候他们那种人都会出门去喝酒。他应该正在什么人的家里狂欢,或者在布鲁街的酒吧喝酒,或者是跟某位异性共饮一杯加州葡萄酒。

只是他的女朋友克里斯特尔死了,也许他正一人独饮向她致哀,坐在自己家里咽下一杯杯廉价麦酒。我按门铃他也不理,就那样缩在角落里流泪,直到我撬开他的锁,像苍蝇一般溜进他的客厅……

令人不快的想法。

我按了他的门铃,没有回应,这时脑子里那个不愉快的想法仍然挥之不去。楼下的门锁他妈的偏偏很好,而门和门柱相接处的金属条又使我无法把弹簧栓推开,但天下没有任何一道锁有厂商说得那么好。我这里捣鼓一通,那里拨弄一下,最后钻针落下,制动栓也应声倒下。

我往上走了两段楼梯。二楼的住户养了一屋子植物,房间里还传出柔和的摇滚乐,而且客人不少,音乐声中夹杂着嗡嗡不断的谈话声。我经过那扇门时闻到了刺鼻的大麻味,音乐和谈话声中有烟雾缭绕。我又上了一段楼梯,站在格拉堡的门口倾听,但只听到了楼下那间公寓的音乐声。我双手双膝着地趴着，门下没有灯光。也许他在楼下，在缭绕的烟雾中享受着，和着老鹰乐团的歌跺脚起舞，告诉人们他那天下午如何在大厅里抓住了一个疯子。

与此同时，这个疯子正鼓起勇气要打开他的门。格拉堡家的门厚实坚固，上面装着的狐狸牌警用锁牢牢地扣着。这种锁的特色是有根大型铁杆扣在门的下方，套进固定在地上的金属板里。装上这种锁的门你可别想踢开。这类保护措施大概是住宅中数一数二的。

啊，不过再厉害的锁也敌不上防盗滚筒。格拉堡装的是还算普通的五针雷布森锁，外缘有凸缘轮轴固定在门上，以防小偷把锁整个儿撬开。我为什么要硬撬呢？我用探针摸索，用手指跟它轻声交谈。它是单纯的少女，我是唐璜，你说谁是赢家？

格拉堡的起居室兼工作室大得惊人，隔成卧室、厨房、客厅和工作室的是无比宽广的空间。客厅里放着十几个深棕色的丝绒沙发组合，还有两张白色塑料贴面的帕森思矮桌[①]。作为卧室的区域有一张特大号的床，上面盖了张羊皮。床的后面是砖墙，刷的是比捆着二十美元钞票的牛皮纸还要鲜艳的奶油棕色。墙上挂着盾牌、两把交叉的矛，还有几副原始面具。这些装饰看似来自大洋洲、新几内亚或新爱尔兰岛，挂到我自己的墙上我倒不会介意。

---

①帕森思是美国一家工艺学校，这种矮桌的特色是桌腿与桌沿齐平，质地轻，呈长方形。

把它们送进苏富比拍卖会赚上一笔，我也不会介意。

厨房很漂亮——大号的炉子、门上装有自动制冰器的冰箱、独立的冷冻柜、两个不锈钢水槽、一台洗碗机、洗衣兼烘干机。铜制和不锈钢锅盘从高处的铸铁架上垂下。

工作区也同样漂亮。两张长长的窄桌，一张高度及胸，一张是标准规格。椅子和凳子各一对。版画复制设备。制陶火窑。钢架从地面延伸到天花板，上面整齐地摆满一排排油漆、化学用品和各种尺寸的工具。一台手摇印刷机。几盒百分之百碎布浆制成的文件纸。

我打开他的门时应该是十点十五分左右，所以我想粗略勘察公寓大约花了二十分钟。

有几件东西我没找到。人——无论是死的还是活的；公文包——不管是亮皮的、人造皮的还是其他皮的；珠宝——不包括不成对的袖扣和几个领带夹；现金——我在床头柜上找到（而且留着没动）的一把零钱不算；格拉堡或随便什么人的画；除了床上那些大洋洲作品外的任何艺术品。

我找到的东西如下：两块精心雕刻过的铜板，约莫二乘六英寸，架在四分之三英寸厚的松木板上；一把看似可以插进保险箱的钥匙；一个立在书桌上的笔筒，外包浮雕红皮，里面没有笔，只放了各种上好的外科钢制用具，每一把都有六角形的柄。

我离开沃特·格拉堡的住处时，没拿走任何一件原先不在我身上的东西。我是把他的一两样财产从原来的位置移到了屋内的别处，我还胡乱塞了几张簇新的二十美元钞票。

不过我没偷东西。我承认，有么一会儿，我是动了念头想拿下那张面具戴上，从墙上擢走盾牌和矛，然后迅速穿过SOHO的街道，发出狂野的大洋洲的号叫。这股冲动很容易压住，我把面具、矛和盾牌留在原处。它们是不错，而且绝对价值不菲，但要是你刚在别处偷了二十五万左右的现金，这种小规模犯罪看来的确有点煞风景。

出租车停在吉莉安的公寓前时，我一眼便看到了停在消防栓旁边的蓝白巡逻车。"往前开，"我说，"到转角去。"

"我已经竖起出租的金属牌了，"司机抱怨道，"这得冒被开罚单的危险哪。"

"不冒险，活着干吗？"

"是哟，你说得容易，朋友。冒险的又不是你。"

没错。我目送他嘀咕着把车开走，他本可以拿到更丰厚的小费的。我转身往吉莉安住的那幢房子走去，一路紧贴着建筑，睁大眼睛注意有没有其他警车——不管有无标记。我没看到可疑车辆，也没注意到哪个形似警察的生物在阴影里潜行。我自己就潜行在阴影里面。就这样过了十分钟之后，一对眼熟的人影从吉莉安的门口冒出来。是托德拉斯和奈斯旺德，没什么好大惊小怪的。看他们连续工作了这么久真是感觉不错。我很高兴他们的时间表排得和我一样紧凑。

他们开车离开后，我在原地待了五分钟，以防他们灵机一动绕过街区回来。没见他们的影子，我又考虑到要上转角的电话亭打电话确定那里已经安全。我不想如此费事，于是到玄关处按下吉莉安家的按钮。

对讲机失真的声音也藏不住她的焦虑。她说："喂？哪位？"

"伯尼。"

"哦。我不——"

"你一个人吗，吉莉安？"

"警察刚来过。"

"我知道。我就是等到他们离开才来的。"

"他们说你杀了克里斯特尔。他们说你很危险。你根本没去看拳击比赛。当时你在她的公寓里，杀了她……"

这些可全是在对讲机上讲的。"我能上去吗，吉莉安？"

"我不知道。"

我要撬你他妈的锁，我想着，我要喘着粗气踢开你的门。可我只是说:"今晚我收获很大,吉莉安。我知道是谁杀了她。让我上去,我会全都跟你讲清楚。"

她没说话,有那么一会儿我开始纳闷她究竟有没有听到。也许她已经关上了对讲机的钮。也许此时她正在打九一一,不一会儿行动迅速又有效率的纽约警察就要举着枪抵达了。也许——

按钮嗡嗡响起,我把门打开。

她穿了件毛料裙,暗绿和蓝色的格子呢,上身是一件海军蓝毛衣。她的紧身袜也是海军蓝的,小小的脚上套了双尖头鹿皮便鞋,跟她小精灵一样的气质很配。她为我倒了杯咖啡,道歉说在对讲机上为难我了。

"我神经紧张,天哪,"她说,"今晚我有一群访客。"

"警察吗?"

"他们是最后到的。呃,这你知道啊,你看着他们走的。起先来了另外一个警察——"

"雷·基希曼?"

"没错。他说他想要我传话给你。我说我不会有你的消息,可是他很暧昧地朝我眨了眨眼。要说我脸红了,我也不会惊讶。就是那样的眨眼。"

"他就是那种警察。传什么话?"

"说要你跟他联络。他说你还真有贼胆,你回到作案现场就是明证。他还说什么他确定你上那儿拿到了你要的东西，他想亲眼看看。我告诉他我不太懂他的意思，他说你会懂，还说重点是你应该跟他联络。"

"'回到作案现场'，这又是什么意思？"

"后来听另外两位警察提起我才弄明白。他们还说了别的。基希曼走后是克雷格。"

"我以为你跟他说了不要再来。"

"我是说过，可他还是跑来了，而且让他进门总比让他搞得鸡犬不宁要好。我跟他说了他不能久待。"

"他想干吗？"

她做了个鬼脸："他太可怕了。他真的以为是你杀了克里斯特尔。他说这点警方很确定，还怪自己不该让你去偷珠宝。他上门为的就是讲明这一点——否认你俩有过安排。他说要是警察逮住你，你说不定会胡言乱语，到时候即使他的话和你的矛盾，受人尊敬的牙医当然比有过前科的小偷要容易取信于人——"

"当然。"

"——可是他说我得发誓，说你的话是一派胡言，要不他就有可能惹上麻烦。我说我不相信你会杀人，他马上大发脾气，指控我跟你站在同一阵线对他不利，所以我也发起火来。真不知道以前我是看上了他哪一点，上帝啊，我真的不知道。"

"他有一口好牙。"

"他走了以后,我正在津津有味地看电视,他的律师又来了。"

"弗瑞尔?"

"对。我看他来主要是想给克雷格当后盾。克雷格告诉弗瑞尔,他跟你有过计划,所以他当然不希望这事曝光。他想让我知道隐瞒这件事有多重要。我看他是步步为营,想贿赂我,但他倒没有真的直接说出来。"

"有趣。"

"他还真狡猾,而且表现得很权威,说得好像我将到手的好处不会是装满现金的信封,而是免税信托基金什么的。也不是真的就那样,我是说他的那种态度。他说能肯定是你杀了克里斯特尔,还说警察有证据。"

"什么样的证据?"

"他没说。"她看向别处,咽了口口水,"你没杀她吧,伯尼?"

"当然没有。"

"可你也只能这样说了,对吧?"

"我不知道如果我杀了她的话,我会怎样说。我没杀过人,所以这问题从来没有必要问。吉莉安,我干吗要杀她呢?如果她进门逮到我在偷东西,我只要在警察赶到以前逃走就行了。必要的话,也许我会推她一把好脱身——"

"是这样的吗?"

"不是,因为她没逮到我。但如果她逮到我,而我又真的推了她一把,她又真的狠狠摔了一跤的话——呃,我确实知道那会伤到人。结果没发展到那一步,不过应该是有那种可能性的。但我绝不可能拿着一把根本没带在身上的手术刀去戳她的心脏。"

"我就是这么跟自己讲的。"

"嗯,那就对了。"她睁大眼睛,下唇发颤。她姿态优美地咬咬下唇,"那两个警察是在弗瑞尔先生走后四十五分钟到的。他们说你昨晚又闯进了克里斯特尔的公寓。警察在上面贴了封条,可是被撕掉了。他们说是你干的。"

"又有人闯进了克里斯特尔的住处?"我皱起眉头,想弄清楚情况,"我为什么要那样干?"

"他们说你一定是忘了个东西没拿。要不就是想毁掉证据。"基希曼讲的就是这个了,他以为我又去了一趟拿珠宝。"总之,"我说,"昨晚我可是在你这里。"

"你大可以在来这儿的路上顺道过去啊。"

"昨晚我不可能顺道上哪儿去。我连路都看不清,如果你记得的话。"

她避开我的视线。"还有前天晚上,"她说,"他们说有目击者看到你在克里斯特尔被害那段时间离开那幢建筑。而且他们还找到一个女人,她说当晚更早以前还真的在格拉梅西公园和你讲过话。"

"妈的。亨丽埃塔·泰勒。"

"什么？"

"一个可爱的小老太婆，最恨狗和陌生人。真奇怪她还记得我，而且跟管法律的人讲过话。我还以为讨厌狗和陌生人的人大概也不全都是坏人。怎么了？"

"这么说你是在那里了！"

"我可没杀人，吉莉安。当晚我犯的唯一罪行就是盗窃，在我忙着偷东西的时候有人杀掉了克里斯特尔。"

"你当时是在——"

"现场。在她的公寓里。"

"那你看到——"

"我从衣柜里看着衣柜的门，我只看到了那个。"

"我不懂。"

"我不怪你。我没看到是谁杀了她，但经过今晚的一阵忙乱，现在我知道是谁干的了。全都解释得通，连凶手第二次闯进她家都有了解释。"我身体往前倾，"你能帮我煮一壶热腾腾的咖啡吗？因为说来话长。"

17

我重塑盗窃和凶杀案现场时,她睁大眼睛听着。当我讲到去秃比·科克伦简陋的住处走访时,她的眼睛里满是赞叹和崇拜。我可能稍微有点夸大其词。从一个屋顶跳到另一个的过程,我好像稍做了一点渲染,有可能在两幢建筑之间增加了几码的间隙。讲故事的人有权渲染,你们也知道。

等我讲到公文包时,她惊呼了一声。听到是假皮而不是超级亮皮时,她叹了口气。等我讲到打开箱子发现那些现金时,她倒吸一口气。"那么多钱,"她说,"现在在哪儿?你没带在身上吧?"

"放在安全的地方。要不我的五十美分算是白花了。"

"嗯?"

"这个不重要。我把公文包藏起来了,但抽了几张钞票出来,因为我觉得也许能派上用场。"我掏出钱包,"还有两张。看到没有?"

"怎么样呢?"

"挺不错的吧?"

"二十美元的纸币。有什么特别的?"

"嗯,要是看到整箱全是这玩意儿,你一定会印象深刻吧?"

"也许,可是——"

"看看它们的号码,吉莉安。"

"又怎样呢?是连续的号码啊。等等,不是连续号码,对吧?"

"没错。"

"它们……伯尼,这两张号码一样。"

"真的吗?天哪,这可不同寻常,对吧?"

"伯尼——"

"世界上没有两片一样的雪花,每个人的指纹也不同,而我现在从钱包里掏出两张二十美元的钞票,它们的号码竟然完全一样。发人深省,对吧?"

"它们是——"

"假钞?对,恐怕就是这样。好一张纸,不是吗?那么多钱,可其实只是绿色的纸。再仔细瞧瞧,吉莉安,你会看到很多瑕疵。安迪·杰克逊[①]的肖像比起我见过的大部分假钞印得都要好,可是如果你真的盯着这钞票看,会

[①] 安迪·杰克逊(Andy Jackson,1767—1845),美国第七任总统。

发现不太对劲。"

"在印章周围——"

"对,针点不够清楚。你把纸钞翻过来,还会发现其他问题。但如果你把它们磨旧,揉皱,制造些折痕,再放在咖啡里煮一煮去掉簇新的感觉——呃,每一行都有诀窍,我可不敢夸口说我知道假钞制造者新近又想出了什么花招。光顾着赶在锁匠前面就够我忙的了。不过我倒是可以告诉你,你手上拿的钞票十之八九可以通过银行审核。号码是唯一明显的问题。要是人家找零给你这么一张,你会多看它一眼吗?"

"不会。"

"没有人会。我一看出钞票是假的,就马上再回到了格拉堡的住处。刚踏进他家的门,我就知道来对了。此人搞艺术一事无成,改行弄起版画,结果也没成大器,可这会儿他却住在大部分纽约人看了都会眼红的loft[①]里面,空间大得用不完,墙上挂了价值好几千美元的工艺品。我四处翻找,发现他家里的油墨和纸的储备足以印出比铸印局产量还多的钱。等我真的找到印版的时候,即使之前有什么疑虑也无影无踪了。他的印工很精致,那真是高品质的刻印。"

[①] loft的原意是"在屋顶之下、存放东西的阁楼"。但现在所指称的是那些"由旧工厂或旧仓库改造而成的,少有内墙隔断的高挑开敞空间",这个含义诞生于纽约SOHO区。

"格拉堡制造假钞?"

"可不是吗。我本来就纳闷当初他在过道里堵住我时,怎么疑心那么重。我装成在找另一个格拉堡的愚蠢侦探,戏演得还不错,可他却没完没了地盘问。我是谁?怎么拿到他的地址的?我怎么星期六还在工作?他问问题的速度比我编答案还快,所以我只好拔腿就跑,可如果他没什么事隐瞒的话,为什么疑心那么重?对,他显然是在制造假钞。我不能肯定印版是他自己做的,不过这会儿却在他手上。而且印制也是他自己动手干的。"

"然后他把钱交给秃比·科克伦?我不知道下一步怎么进行。"

"我也不知道,但我可以猜一猜。假设是克里斯特尔把秃比和格拉堡拉到一起的。格拉堡是她的男朋友,也许她带他去过几次酒吧。她既然带她那位法律猎犬去过,跟格拉堡也同样可以,不是吗?

"总之是格拉堡和科克伦策划的。也许是由格拉堡制造二十美元面值的假钞,然后秃比负责找到渠道把伪钞换成真钞。这其中可能也有相互欺骗的成分。比如秃比多拿了几张二十美元面额的假钞,格拉堡也没办法。也说不定克里斯特尔这样那样地把他出卖了,钱最后到了她手上。"

"怎么做的?"

我耸耸肩:"这可问住我了,但这事有可能发生。要不就是这笔假钞生意进行顺利,可是格拉堡发现她不过是在利用他，背着他勾搭上别人，为了假钞生意才没甩掉他。也许他得知她和秃比上床，也许他发现了她的另外那个男朋友，于是他就醋意大发，疯狂地抓起牙科手术刀找她算账。"

"他上哪儿找牙科手术刀？"

"赛尼克眼科和牙科用品供应商，跟克雷格一样。"

"可他为什么——"

"他那儿有一整套。各种钻针、凿子和手术刀，而且依我看，除非其他制造商也给他们的工具装了六角形的柄，否则那些玩意儿应该全都是赛尼克出产的。用它们刻印、切割油布块、雕刻木头，处理各种细节都挺方便。他要不是抓了一把特意用来当凶器，就是当时刚好口袋里有一把。"

"可是那就很奇怪了，不是吗？"

"是的。可以这样想。他把克里斯特尔请到他的住处，她看到了那些工具，提起克雷格的诊所里也有同样的东西。毕竟她在嫁给他之前是诊所的护理师。说起来，这也许就可以解释格拉堡用的工具怎么会刚好和克雷格的一样了。也许以前他用的不同，美术刀，或者天知道什么鬼玩意儿，可克里斯特尔告诉他，他应该换套牙科用具，因为那种钢的品质一流，诸如此类的理由，总之，要是他知道克雷格用的是赛尼克产品，他就可以带把手术刀过去，陷害克雷格。他没有理由扔掉他自己的赛尼克产品，因为没有证据可以把他与克里斯特尔联系起来,而且只要克雷格被安上了谋杀罪,警察也没有理由继续调查。"

"所以他把手术刀带在身上,为的就是当凶器?"

"一定是。"

"然后他跑到酒吧找她,并且先跟她上床?"

"那就很邪恶了,是不是?我跟他认识的时间不长,但感觉他不会那样工于心计。印象中他那人挺直截了当,是强硬而沉默的人。也许她当天晚上在酒吧遇到了法律猎犬,然后把他带回家。他们的谈话内容我不太记得了,因为当时我下定决心不去理会,但那人绝对不是格拉堡。至少我不觉得是。

"所以我觉得事情是这样的。假设格拉堡在监视她的家,也许他是从她碰到律师或哪个男人的酒吧跟踪她回到家。也不一定就是律师。其实我们可以先放下律师不管,因为我看他跟案情没什么关系。其实弗兰奇·艾克曼提到有三个男人是克里斯特尔的朋友,这并不表示他们三个全都和命案有关。现在有两个人介入就已经够让人震惊的了。"

"总之,"吉莉安催促道,"她带了个男人回家,格拉堡在外面看着。"

"没错,然后那人走了。格拉堡看到他离开。他等了一两分钟,等那个人消失了,就去按她的门铃,克里斯特尔让他进去。他发挥了强硬沉默的特点,直截了当地把手术刀插进她的心脏。"

吉莉安抓住自己胸前的衣服,小小的手放在海军蓝毛衣的左边。她像在电视里看电影一样紧紧跟上情节的发展。

"然后他走到卧室,"我继续说,"他看到的第一样东西是我的公文包,竖在法国女人肖像下面的墙上。他走过去,然后——"

"什么法国女人?"

"这不重要。克里斯特尔的墙上有一幅画,不过他没看到,因为他只会盯着公文包。你知道,在他看来公文包就是公文包。他以为里面塞满了假钞,这会儿他可有机会偷回去了。"

"可那些钱都在黑色塑胶箱里面,对吧?"

"黑色人造皮箱里,没错。可是格拉堡怎么会知道?"

"难道他当初不就是装在那里面的?"

"也许吧,可我们又怎么知道?说不定他给克里斯特尔的钱是放在布鲁明戴尔百货商店的购物袋里。我闯空门的时候通常就用那个。看起来有归属感,拎着装满别人财产的购物袋踏着大步走过去。也许他原本就知道有人把钱放到了公文包里,而眼下就有那么一个,里面正是他要找的东西。自然而然他会抓了就跑,里面是什么回头再说。"

"之后他打开箱子——"

"说不定让他很困惑。有那么一会儿,他八成以为克里斯特尔是什么中世纪的炼金术士,有办法把纸变成黄金钻石。等他想明白了,当然得回去拿钱。这样第二次闯进那里就解释得通了,那是在警察给公寓贴上封条之后。格拉堡回去拿钱,他撕掉封条,四处搜索,结果空手而回。因为假钞全打包收好放在秃比·科克伦的公寓里,稳稳坐在衣柜的一个架子上。"

吉莉安点点头,然后皱起眉头:"可珠宝呢?"

"我想格拉堡是留着了。一般人拿到珠宝自会留下,不会等着垃圾车来收。我在他的住处没看到珠宝,可那也不一定表示什么。珠宝是证物,他不会随手乱放,因为它们会把他扯进命案。"

"手术刀他可没丢。"

"那不一样。珠宝出现在那儿无法解释,这点他当然清楚。他一定是把东西藏在什么地方了,也许就塞在国王街某处。要把珠宝藏在地板底下或沙发里不是难事,一般的搜查不会找到。不过说来我倒是在别处翻到了一把保险箱钥匙。珠宝有可能已经放进银行了。他也许是赶在星期五银行关门前存进保险箱了,也说不定他自己已经销赃了。这不是没有可能。他制造假钞,有可能认识什么人知道谁做销赃生意。在咱们城里找家代为销赃的商店,不会比足球赛下注、买把枪或者弄到毒品更难。不过其实珠宝的下落没必要再猜了。不利于格拉堡的证据已经足以让他坐上几年牢。"

"你是说手术刀?"

"好戏还在后面,"我说,"我在他的住处把东西移来移去——以防他下决心扔掉证物。我把几张二十美元的钞票放在只有搜查时才能找到的地方。几把牙科用具也一样。要是他紧张起来扔了工具,还会剩几把他自己找不着,可警察来搜便很快就会发现。而且我把印版也藏起来了。如果他想找又找不到的话,八成会着急,不过我藏东西很有一套,他绝不会以为是小偷来过了。出门时我还把门锁重新锁上了,这种服务可没几个小偷会提供。我是空手离开他的公寓的,你知道。事实上我走出那里时身上还少了点东西,因为我把那几张二十美元的假钞栽在了他的头上。要是我老干这种事,恐怕每个月支付房租都有问题。"

她咯咯地笑起来:"我妈以前常说,小偷上门都会留下东西。但真会这么做的人,你可是我听过的唯一一个。"

"呃,不过我可不打算养成习惯。"

"你这辈子都在当小偷吗,伯尼?"

"呃,倒也不是一辈子。我刚开始只是个小孩,就跟其他人一样。哦,对了,我很爱你咯咯笑的样子,跟你很配。我想我是从长大以后才开始当小偷的。"

"我看你可一直都没长大,伯尼。"

"我有时候也有这种感觉,吉莉安。"

然后我便开始讲我自己,还有我疯狂的犯罪生涯,比如当初是怎么开始偷溜进别人的房子,纯粹只为那种刺激,而之后不久便觉得,既然你人都在里面了,干脆放手去偷,感觉会更刺激。我讲她听,不知不觉我们已喝完咖啡,她打开一瓶宝贵的意大利苏韦瓦白葡萄酒。我们捧着高脚杯喝下冰凉的酒液,并肩坐在沙发上,然后我又接着说下去,真希望沙发可以变个魔术塌陷成床。吉莉安,她真可爱,而且她又是那么专心地在听,头发闻起来有一股早春花朵的味道。

酒瓶快空时她说:"你现在打算怎么办,伯尼?既然你已经知道凶手是谁了。"

"想个办法把消息透露给警方。我想通过雷·基希曼去说故事。这不是他的案子,不过他老兄只要闻到钱味,什么规定在他手上都可以像拐杖糖一样扭来扭去。天知道他打算怎么从这案子里挤出钱来。要是珠宝露了面,警方可会没收了当证据。不过只要有一块钱能抠,他就能抠得到,再说那是他家的事,不是我的。"

"我知道,他要你打电话给他。"

"嗯哼。不过现在不行。这会儿可是三更半夜。"

"几点了?哦,真是半夜了。我都没发现已经这么晚了。"

"我得找个地方待着。只怕我自己的公寓暂时不行。他们也许还没派人监视,不过这会儿他们拿着通缉令要抓我,我可不想冒这个险。我可以睡到旅馆去。"

"别说笑了。"

"你觉得那样可能有危险?我看你说得没错。这个时间旅馆没多少人投宿,而且会让人生疑。呃,总有个办法我可以试试。就找个空屋子吧,住户全去度假了,我可以让自己宾至如归。这招金发姑娘①就用得挺顺手。"

"别说笑了。你昨晚待在我这里,现在也可以。我不希望你去冒险被捕。"

"呃,克雷格有可能——"

"别说笑了。克雷格不会过来,要是他真来,我也不会让他进门。你知道吗?我很生克雷格的气。我觉得他太不像话,他或许是挺棒的牙医,但我可不敢说他人有多好。"

"呃,你真好,"我说,"不过这次我睡椅子。"

"别说笑了。"

"呃,你总不能坐在那玩意儿上面吧,看在老天的分上。我可不敢再要你放弃床位。"

"别说笑了。"

"嗯?我不——"

"伯尼?"她透过长长的睫毛抬眼看我,"伯尼,别说笑了。"

"哦,"我说,然后深深地看进她的眼睛,闻到了她头发上的香味,"哦。"

---

① 金发姑娘(Goldilocks),美国童话书里擅自闯入熊屋的小姑娘。

18

第二天早上我们醒来时应该是十点左右。这个街区有几家教堂，不同教派轮流敲钟，钟声不断。之后两个小时我们就躺在床上，时而听听教堂的钟声，时而置之不理。星期天的上午便这样度过，比上不足比下有余。

终于，她穿上睡袍下床开始煮咖啡，我则动手穿上好像总穿在身上的同一套衣服。然后我开始打电话。

雷·基希曼的太太说他出门了。在工作，她说。我想留言吗？不想。

我又打到警察局试试。接电话的人告诉我他今天休假，说不定正在家里跷着脚，手捧冰啤酒在看电视比赛。还有什么人我要找吗？没有。我想留言吗？不想。

我敢回家吗？我想冲个澡，可是如果我得再穿同一套衣服的话，那又何必费事？再说今天是星期天，我没法出门去买衬衫、袜子和内衣。①

我再次拿起听筒，拨我自己的号码。

忙音。

呃，这不代表什么。可能在我拨电话的几秒钟前有人打给我，他听到的是接话铃声，我则听到忙音信号。于是我挂上电话给他一分钟玩这种游戏，然后又拨自己的号码。还是忙音。

呃，这也不一定就能证明什么。也许我的哪个访客擂门太重，把电话听筒震了下来，也许西区全部的电话都有故障。也许——

"伯尼？有什么不对吗？"

"嗯，"我说，"电话簿在哪儿？"

我查了赫施太太的名字，拨了她的号码。她接听时我听到背景里有电视杂音，然后是她那副老烟枪的嗓音。我说："赫施太太，我是伯尼·罗登巴尔。你的邻居，住在你家对面，记得吗？"

"那个小偷。"

"呃，对。赫施太太——"

"也是名人。我在电视上看到你了，差不多一个小时之前吧。不是你本人，是他们手头上一张你的照片。八成是牢里照的，头发很短。"

---

①纽约的商店大多数星期天都不开门。

我知道她指的是哪一张。

"这会儿咱们大楼里挤满了警察。他们查问你的事，问我知不知道你是小偷。我说我只知道你是好邻居。我该告诉他们什么吗？你这年轻人挺好的，干干净净，打扮正派，我只知道这些。你工作很辛苦，对吧？你是在讨生活，对吧？"

"对。"

"不是领救济金的流浪汉。你偷那些住在东区的有钱人，我在乎吗？他们帮我做过什么？你是好邻居。你不抢我们大楼，对不对？"

"对。"

"可现在你的公寓里有警察，走廊里也有。在拍照、按门铃什么的，忙个不停。"

"赫施太太，警察中有没有一个——"

"等等，我得点支烟。好了。"

"有没有一个叫基希曼的警察？"

"樱桃。"

"樱桃？"

"基希在德文里是樱桃的意思。他跟我说他是基希曼，我马上想到的是'樱桃人'。他还可以再减三十磅，我保证他不会想念那些体重。"

"他在那里？"

"先前我这儿来过两个，问了我几百万个问题，然后这位基希曼又把同样的问题重复了一遍,另外又加了一百个。罗登巴尔先生,你不是凶手对吧?"

"当然不是。"

"我就是这么跟他们说的,跟我自己也是这么说的。我一直说你没问题嘛。你没杀掉格拉梅西公园的那只鸡吧?"

"没有,当然没有。"

"很好。而且你也没有——"

"你刚才叫她什么?"

"鸡。"

"什么意思?"

"妓女,请原谅我用了这个词。你也没杀那男人,对吧?"

什么男人?"没有,当然没有,"我说,"赫施太太,麻烦你帮个忙好吗?请不要惊动别人,把雷·基希曼先生找来听电话好吗?你可以说你刚想起了关于我的一件事,想个办法把他请进你的公寓,不要让其他警察知道。"

她说可以,便走开了,而且没花多长时间。很快我就听到一个熟悉的声音谨慎、小心地说:"喂?"

"雷吗?"

"不要报名字。"

"不说名字?"

"你他妈的在哪儿?"

"电话上。"

"你最好告诉我你人在哪儿。你和我,最好马上见面。这次你可真是栽进粪坑了,伯尼。"

"我以为你刚才说了不要报名字。"

"忘了我的话吧。你还真可爱,又闯了一回女人的公寓,赃物得手。但你应该马上跟我联络的,伯尼,这会儿我还真不知道怎么帮你了。"

"你可以把凶手关起来,雷。"

"没错,我是可以,可我根本没想过你会是凶手,伯尼。我太惊讶了。"

"我才惊讶呢,雷。至于珠宝的事——"

"是啊,嗯,我们找到了,伯尼。"

"什么?"

"就在你放的地方。如果只有我在,那情况就会不同,可我光是跟着托德拉斯和奈斯旺德一起赶来就快跑断腿了,想冲在他们前面根本不可能,结果找到东西的是奈斯旺德。一只钻石手镯,一个翡翠玩意儿,还有珍珠。美啊。"

"只有三样?"

"对。"他沉默了一下,似乎在思考,"还有更多吗?你把其他的藏在别处了吧,伯尼?"

"是有人栽赃给我的,雷。"

"显然。有人发放珠宝。离圣诞节还有好几个月呢,已经有人在提前感受节日气氛了。"

我深吸一口气,然后连珠炮般地说道:"雷,我根本没偷。是栽赃到我头上的。偷珠宝的人就是杀掉克里斯特尔的凶手,而且他还在我的公寓里栽赃……至少我猜你就是在那儿找到的——"

"我没找到,是奈斯旺德找到的。没办法了,因为那杂种清高得很。而且你可以用你的屁股打赌,珠宝就在你的公寓里,伯尼,因为是你把它们放在那儿的。"

我没再纠缠这事:"干这件事的人是连偷带杀,他的名字恐怕你连听都没听过。"

"那就说来听听吧。"

"他很危险,雷。他是杀人凶手。"

"你刚才说要告诉我名字的,是不是?"

"格拉堡。"

"是个我没听过的人,你刚才这么说。"

"沃特·I.格拉堡。I代表的是依格纳修斯——如果你认为重要的话。我看不重要。"

"奇怪。"

"事情挺复杂的,雷。情节非常曲折。我想我们得找个地方见面,就咱们俩,我可以解释给你听。"

"我还真觉得你可以呢。"

"嗯?"

"咱们最好找个地方见面,这话太对了。伯尼,你知道你这是怎么了吗？事情发展到今天，你发疯了。我想是第二起命案让你变成这样的。"

"你在说什么？"

"我根本没想过你会是凶手，"他继续说，"可就凭你现在的状态，我想你是下得了手的。发生在你公寓里的第二桩命案和其他一些事情，使你变得疯狂了。"

"你到底在说什么？"

"还说我没听说过他呢。格拉堡，看在老天的分上，还说他危险。现在这个可怜的杂种死在你公寓的地板上，心脏里插着一把牙医用的玩意儿，你还跟我说他危险，天哪，伯尼。危险的是你。现在你告诉我你人在哪儿，我好把你安全妥当地接过来，免得有谁玩枪玩得高兴，把你杀了，你说怎样？这办法最好，相信我。你自己找个律师，七年就可以出来，最多也就十二到十五年。还不是非常糟糕，对吧？"

他还在急切诚恳地说着，我已经挂上了电话。

19

"我让他开始不安了,"我告诉吉莉安,"他开始惊慌。他知道我就要把他揪出来了,吓坏了。"

"你在说谁,伯尼?"

"呃,问得好。要是我知道他是谁,我的身心都会健康得多。"

"你说了是格拉堡杀死她的。"

"我知道。"

"不过要是格拉堡杀了她,那又是谁杀了格拉堡?"

"格拉堡没有杀她。"

"可你的假说很完美啊。制造假钞、牙科手术刀,还有其他所有的事情。"

"我知道。"

"如果格拉堡没杀她的话——"

"是别人干的。而且他还杀了格拉堡,然后嫁祸于我,至于我为什么会在自己的公寓杀掉那只大猩猩,就不得而知了。总之不管那人是谁,他还把克里斯特尔的一些珠宝放到了我的公寓里,以把我拖进命案,尽管我早就是嫌疑人了。我可真聪明,是不是?用臭名昭著的牙科手术刀杀了格拉堡,还在尸体底下放上克里斯特尔的手镯。"

"他们是在那儿找到手镯的吗?"

"我他妈的怎么知道他们在哪儿找到的?是奈斯旺德找到的——谁知道是什么东西——钻石,翡翠,我不知道究竟是什么。我把东西打包让别人偷走后,就没再见过。我他妈的怎么知道它们在哪儿?我连它们是什么样子都想不起来了。"

"你用不着对我发火,伯尼。"

"对不起,"我说,"我眼看就要脑袋不保,没法静下来细想。这事简直糟糕透顶,全是间接证据,根本说不通,可我看也足够定我的罪了。"

"可是你没干啊,"她说,然后稍稍眯起眼睛,"你说你没干。"

"我是没有。可你要是把十二个陪审员请到法庭,让他们看到所有证据,我就站在那儿说我没干,他们会因为手法太愚蠢就相信我吗?呃,我知道我的律师会怎么说。他会要我谈条件。"

"什么意思?"

"他会安排我自首,承认有罪以求减刑。检察官会很高兴,这样可以不用审判,十拿九稳地把我定罪。然后我会上诉要求把罪名改成过失杀人或行窃时意外致死,最后我就可以混个……我不知道,也许五到十年徒刑之类的。我有可能三年后就被放出来了。"我皱皱眉,"当然,现在格拉堡又死了,情况可能不同了。放着两具尸体,他们说不定会坚持判我二级谋杀,那么就算我服刑期间表现良好,至少也得五年见不着天日。"

"可你是无辜的,律师怎么可以要你承认有罪?"

"他什么都不能要我做,不过他可以给我建议。"

"所以克雷格才会换律师。那个布兰肯施普一开始就当他有罪,可弗瑞尔先生不这样。"

"所以现在克雷格出来了。"

"嗯。"

"就算我找到相信我的律师,但对我不利的证据那么多,只有疯子才会陪我上庭。"

她开始说什么,不过我没在听。我觉得有个什么东西在我的脑子里转来转去,我追踪着它——像一条在追自己尾巴的狗。

我拿起电话簿。弗兰奇姓什么?艾克曼,法兰西丝·艾克曼。没错。我找到她的名字,登记为艾克曼·F.,地址是东二十七街,离所有她钟爱的酒吧只有几个路口。我拨了她的号码,听着电话铃在响。

"你打给谁,伯尼?"

我挂断电话,又找秃比·科克伦的号码,开始拨。没人接。

我又试了一次弗兰奇的号码。还是没人接。

"伯尼?"

"我成了瓮中之鳖。"我说。

"我知道。"

"我看我得去自首。"

"可如果你是无辜——"

"我是谋杀案的通缉犯,吉莉安。说不定我真得自诉有罪以求减刑。虽然想到这一点就不舒服,但看来也由不得我了。说不定我运气足够好,审判的时候也许会有什么新的证据冒出来。也许我可以雇个私家侦探专门调查这个案子,我这业余的没什么运气。不过我要是再继续四处招摇的话,难保什么时候就会被警察一枪打死。再说尸体一天比一天多,我可受不了。如果我一天前自首的话,格拉堡命案就没法嫁祸给我了。"

"你打算怎么办?到警察总局去?"

我摇摇头:"基希曼要我向他报到。他说那样我会比较安全。他是希望逮到我可以居功。我是希望自首的时候有律师在场。他们可以让你七十二小时都不跟人接触,不用正式拘押,只是来来回回地把你从一个管区送到另一个管区。我不知道他们会不会给我这个待遇,但我可不想冒险。"

"那你要打电话给你的律师?"

"我正在想。我的律师代表我出面一直表现不错,因为我都是有罪的,可他代表无辜的人出面又有什么用呢?克雷格的那个埃洛尔·布兰肯施普也是这样。"

"那你打算怎么办?"

"我想请你帮个忙,"我说,"我要你打电话给克雷格。让他找到他的律师,那个叫什么的……弗瑞尔吧,我要他们俩和我在他的办公室见面。"

"弗瑞尔先生的办公室?"

"在克雷格那儿吧。这个地点大家都知道。中央公园南区,也比较方便。现在是十二点半,见面时间就定在四点吧,因为在那之前我还有几件事要办。"

"你要克雷格也在场?"

我点点头:"当然,要是他不露面的话,告诉他我会把他扔去喂狼。他设计要我去偷克里斯特尔的珠宝。说白了,我就这么一张王牌。他绝对不希望我告诉警察我们有过什么样的安排,要我闭嘴可得付出代价。我希望弗瑞尔站在我这边。我希望由他安排我向警察自首,我也希望得到金钱可以买到的最佳辩护。也许弗瑞尔最终会雇个刑事律师帮忙,也许他会运用私家侦探。我不知道他打算怎么进行,这些事今天下午我们可以安排。你告诉克雷格,要是他们俩没按计划出现的话,我就揭他的底。"

"四点在他的诊所?"

"没错。"我伸手拿起外套。"我还有事要办,"我说,

"得去几个地方。确保他们准时到达,吉莉安。"我走到门口,扭头看着她。"你也过去,"我说,"说不定会很有趣。"

"你说真的?"

我点点头。"我对克雷格是个威胁,"我告诉她,"这是我的王牌,我不会轻易放过。他和弗瑞尔为了让我自首,可能什么都会答应。等我按他们的意思到警察局投案后,他们完全可能食言,不管我的死活。我要你到场做证。"

我忙了整个下午,打了几个电话,乘了几次出租车,找过几个人谈话。在此期间我一直在注意是否有警察的踪迹,偶尔会看到一两个。城里到处都是他们的人,走路的开车的,穿制服不穿制服的。好在我看到的没一个在找我——如果遇到在找我的,也是我先看到他们。

三点过几分,我发现了我在找的人。他在第三大道的一家沙龙里,胳膊肘撑着吧台,脚踩在铜杆上,看到我跨进前门,立刻对我睁大了眼睛,并露出笑容。

"威士忌加冰块,"他说,"挪屁股过来喝一杯吧。"

"最近怎么样,丹尼斯?"

"和平时差不多。也只能这么说了。你呢,肯尼?"

我平平地伸出手,掌心向下,像上下颠动机翼的飞机一样摆摆手。"马马虎虎。"我说。

"可不就是嘛。喂,艾斯,给我们的肯尼来一杯。威士忌加冰块,对吧?"

艾斯穿着一件无袖汗衫,脸上挂着茫然的表情。他看来像个已经放弃回到船上的迷途水手,走一步算一步。他帮我倒了杯酒,又为丹尼斯续了杯,然后回到电视机前。丹尼斯举起杯子说:"你是弗兰奇的朋友,对吧?好,这杯就敬弗兰奇,上帝爱她。"

我啜一口酒。"真巧,"我说,"我正想找她呢,丹尼斯。"

"你不知道?"

"知道什么?"他皱皱眉头,"昨晚我见到你了不是吗?当然是,你在喝咖啡。我们谈到秃比,而且我在等弗兰奇过来。"

"没错。"

"她一直没来。你没听说吗,肯尼?我看是没有。她结束了自己的生命,肯尼。酒加上药。有个朋友她一直放不开,名叫克里斯特尔。你知道克里斯特尔,对吧?"我点点头,"呃,她喝了些酒,又吞下几颗安眠药。谁敢说她是刻意的还是不小心,对不对?有谁敢说?"

"至少不是我们。"

"就是这样。妈的,多好的女人啊,可偏偏结束了自己的生命。是意外还是刻意的,谁知道呢,我只能说愿上帝保佑她的灵魂。"

我们敬了这句一杯。我一直在找弗兰奇,找过她的住处,找过附近几家酒吧。我没听说她出了事,但我听到这消息并不觉得意外。也许是不小心,也许是自杀,或者两者都不是,是有人帮了她的忙——就像克里斯特尔·谢尔德里克和沃特·格拉堡也有人帮了忙一样。

他说:"我昨晚有个……呃……你知道,那个叫……叫预感的东西。我整晚跟秃比坐在那儿,一杯接一杯地喝,时不时地去试试她的号码。我在那儿等她,一直到秃比把店打烊。也许我该上她家去,做点什么才对。"

"秃比几点关门的,丹尼斯?"

"谁知道呢?两三点吧。谁会注意呢?你为什么要问?"

"他回到了住处,可没待多久,收拾好行李就走了。"

"是吗?那又怎样?"

"也许他是乘飞机走了,"我说,"也许他碰到个人,出了麻烦。"

"我听得可是糊里糊涂,肯尼。弗兰奇出事跟秃比又能扯上什么关系?"

我说:"嗯,我这就告诉你,丹尼斯。说来复杂。"

20

我提前十分钟到了中央公园南区的诊所。我大约两点半和吉莉安通过电话,她告诉我约见克雷格和律师的事已经说妥了,不过我到的时候他们还没来,对此我并不感到惊讶,而且我有预感他们根本不会到。我在走廊上的毛玻璃门边站定不动,我的表上显示三点五十八分的时候电梯门打开,他们三个全出现了——克雷格、吉莉安和一个高高瘦瘦、身穿黑色三件套细纹西装的男子。知道他就是卡尔森·弗瑞尔,我倒也不吃惊。

克雷格为我们做了介绍。律师握手很有力,还对我露出了很多牙齿。牙齿不错,不过这也在我的意料之中,毕竟他是天下最好的牙医的律师。我们站在那里,弗瑞尔和我握手。克雷格把重心从一只脚移到另一只,而且一个劲地清喉咙。吉莉安在一边翻弄皮包,直到找出钥匙把诊所的门打开。她扭开顶灯的开关,打开接待员玛丽安桌上的灯,然后便坐上玛丽安的椅子。转身关门前,我示意克雷格和弗瑞尔坐到沙发上。

先是一阵大家都有些紧张的闲谈,克雷格提供了有关天气的谈资,弗瑞尔说他希望我没等太久。我说只等了几分钟。

然后弗瑞尔说道:"呃,或许我们该进入正题了,罗登巴尔先生。据我了解,你提出了某种交易。你威胁说除非我的客户代付你的辩护费,否则你就要跟警察提到据称他跟他前妻公寓被窃有关的事。"

"真有你的。"我说。

"请问你说什么?"

"劈头盖脸就说出这种话,可真不简单,不过我们就不能打开天窗说亮话吗?克雷格安排我去偷克里斯特尔的住处。在这儿的全是朋友,大家也都清楚,你又何必说什么据称之类的话?"

克雷格说:"伯尼,这事咱们就照卡尔森的办法做,嗯?"

弗瑞尔看了看克雷格,看来对克雷格的支持并不十分领情,宁可他别说话。他说:"类似这样的事我可一样也不打算承认,罗登巴尔先生。但你的立场我倒是想了解清楚。我和帕尔小姐谈过,也和谢尔德里克先生谈过,我想我或许可以帮得上你。我没有刑事辩护的经验,也不知道要怎么准备这类辩护,不过如果你有意自首,我们是可以安排自诉有罪——"

"可我是无辜的,弗瑞尔先生。"

"据我了解——"

我微笑起来,展露出一些属于我的好牙。我说:"两件命案都嫁祸在我头上,弗瑞尔先生。有个非常聪明的凶手设计要我背上黑锅。他不只聪明,还会随机应变。最初他是设计要你的客户扛下罪名,然后他发现把罪名转给我会更有效率。他干得不错,不过我想如果由我解释一下我归纳出的事情真相,你也许可以帮我想到出路。"

"帕尔小姐说你怀疑艺术家是凶手。结果他却死在了你的公寓里。"

我点点头:"我早该知道他没杀克里斯特尔。他有可能把她勒死或用力打死,用刀扎可不是他的风格。所以,还有第三个人,两件命案都是他干的。"

"第三个人?"

"克里斯特尔的生命里有三个男人。艺术家格拉堡,在这附近一家沙龙工作的酒保秃比·科克伦,还有法律猎犬。"

"谁?"

"你的一个同行。一个叫约翰尼的律师,他有时会和克里斯特尔去附近的酒吧。大家对他的了解就只有这么多。"

"那也许我们该把他忘掉。"

"我不同意。我觉得她是死在了他的手里。"

"哦?"弗瑞尔的眉毛爬上他高高的前额,"那也许知道他的身份会有所帮助。"

"没错,"我表示同意,"不过要查出来可不容易。一个叫弗兰奇的女人告诉我有他这么一个人。她总是喜欢模仿爱德·麦克马洪说'现在——是约翰尼上场'。但她昨晚喝了太多金酒,又吞了一整瓶安眠药,死了。"

克雷格说:"那你打算怎么查出这位约翰尼是谁呢,伯尼?"

"这是个问题。"

"也许他和这件事根本毫无关系。说不定他只是克里斯特尔的朋友。她有很多朋友。"

"而且至少有一个敌人,"我说,"可别忘了她是某项交易的中间人,而杀她的人绝对有充分的理由。你有你的理由,克雷格,不过你没杀她。你是被人陷害的。"

"对。"

"我也有理由——免得因为偷窃被捕,但我也没杀她。不过这位约翰尼有个真正的理由。"

"请问是什么理由?"

"格拉堡制造假钞,"我解释道,"他原本是个画家,后来改刻版画,最后决定忘了艺术,一心赚钱。以他的才华,他显然认为赚钱的捷径就是印钞票,于是他就做了。

"他做得不错。我看过他成品的样本,可以和政府印的玩意儿媲美。我也看过他在家工作的地方,对一个不成功的艺术家来说，那日子过得还真他妈的好。我没法证明，但我有预感他是几年前做了那些假钞模板，钞票全都自己用出去了，到酒吧、烟铺之类的地方一次花一张。记得吧，这人是艺术家，不是职业罪犯，在帮派里没有熟人，对如何出手大笔的假钞完全没有概念。他只是用他的手摇印刷机一次印上几张，然后一张张花掉。等他换够了真钞，就上街给自己买些好家具。这只是个人小作坊，如果他不是太贪婪的话，还真可以一直混下去。"

"你说这些跟——"

"跟我们有什么关系是吧？你耐心听。我敢肯定格拉堡跑了不少地方，在每家酒吧待的时间都长到足以把二十美元假钞换成真币，然后再到下一家去如法炮制。如此这般，有一天他遇到了克里斯特尔，他们便成了酒友。也许是他想炫耀，也许是她问对了问题，总之结果她知道了他做假钞的事。

"当时她和秃比·科克伦已经在断断续续地交往。他是酒保，但见多识广，也许知道东西能够怎么买卖。也许是她的主意，也许是秃比的，但我看提出来的应该是律师。"

"提出什么？"吉莉安不明白。

"整套计划。格拉堡印那东西，本来是一次一张慢慢出手，可是如果成批销售能让他一两年都不愁吃穿的话，又何乐不为呢？按整批算的话，一美元的假币至少可以换两毛。如果他谈成一笔二十五万的交易,马上就有五万美元的进账,也省得他在城里各处酒吧买酒喝坏他的肝。

"总之是律师的计划。他让克里斯特尔给秃比看一些二十美元假钞的样本,然后秃比就可以找个愿意为那笔假钞付……比如说付五万美元的人。克里斯特尔也许是中间人。由她从秃比手里拿到真钞,从格拉堡手里拿到假钞,然后她再把真的转给格拉堡,把假的转给秃比,这样他们其实根本不必见面。格拉堡极端注重隐私。他不想让人知道他住在哪里,所以这种不必让自己曝光的交易他一定会欣然接受。"

"是律师的计划,伯尼?那个叫约翰尼的家伙?"

我朝克雷格点点头:"嗯。"

"对他有什么好处?"

"全部归他。"

"怎么说?"

"全部归他,"我说,"五万的现金。他并不打算把这钱交给格拉堡。还有那二十五万假钞也到不了秃比手上。他要他们都先送货。这两人都跟克里斯特尔上床,所以都自认为信得过她。也许克里斯特尔知道律师打算两头通吃,也许不知道。不过她跟秃比拿到钱后是转交给律师,而格拉堡送上假钞时,她则告诉他得过一两天才能拿钱,这样律师只要干掉她,就万无一失了。"

"你怎么想出来的,罗登巴尔先生?"

"当时他已经拿到了秃比·科克伦的钱,弗瑞尔先生。之后他只要杀掉克里斯特尔,把假钞拿走,就可以算是大功告成。他的名字从头到尾都没人知道。对于双方来说,克里斯特尔是中间人,由她负责交易。她死了,他们又能怎样?最多是两边都觉得是另外一方在捣鬼。也许他们会自相残杀,但律师对此可无所谓。他已经脱身并拿到了现金,自己可以为假钞找个买主。要是他能拿到市价,那就又多赚五万,所以整套计划可以使他总共捞到大约十万美元。会为这个数额行凶的人这世界上可不是没有。律师也不例外。"

弗瑞尔温和地笑笑。"这一行有些成员,"他说,"是不具备他们该有的道德。"

"不用道歉,"我说,"人非圣贤。如果你花时间努力去找的话,说不定还会碰上不道德的小偷。"我走到窗前,俯视公园和在五十九街排队等候的双人座马车。太阳此刻被挡在了云层后面,整个下午它都在云层里进进出出。我说:"我到克里斯特尔的公寓找珠宝是星期四的晚上。结果她和一个朋友滚在床上,我则被锁在了衣柜里。然后那位朋友走了。我忙着开锁逃出衣柜的时候,克里斯特尔在淋浴。接着门铃打断了她洗澡。她跑去应门,之后律师便进到屋里往她的心脏戳了那把牙科手术刀。

"他丢下她来到卧室。他的目的不只是杀她,他想拿走她保管的假钞——理论上应该归秃比处理的东西。她告诉过他格拉堡把钱装在公文包里送过来了,他走进卧室看到一个公文包靠墙而立。

"当然,不是同一个公文包。装假钞的那个也许和我一起关在衣柜里。我看克里斯特尔八成是把它藏在里面了,要不她为什么条件反射一样把我锁在里面?连珠宝都放在很容易拿到的地方,衣柜里一定有个她不习惯放在身边的东西,否则她不会总想着要把门锁上。

"总之,律师抓起公文包就走。等他回家打开,才发现里面是一堆用内衣包着的珠宝。这不是他要的货,而且也太烫手,无法轻易销赃,但至少他手上已经有了五万美元的现金,而且没有任何后顾之忧。等事情过去,他可以把珠宝拿出来,也许还能再赚上五万美元。

"说不定他还计划要回去再碰一次运气找找假钞。不过秃比·科克伦没给他机会。克里斯特尔遇害的第二天,秃比和另一位酒保调班,撕掉警察贴在克里斯特尔门上的封条又一次搜索公寓。也许他知道该上哪里找,也许她说过类似'不用担心,全在我衣柜里的一个架子上面'的话。总之他闯空门找到了假钞拿回家,藏到他衣柜的架子上。"

"你怎么知道的,罗登巴尔先生?"

"很简单。我就是在那儿找到钱的。"

"你就是在那儿——"

"找到满满一箱面额二十美元的假钞。要不我怎么知道有这么回事？钱我没动，以免打草惊蛇。"

吉莉安知道并非如此。我跟她说过我把二十美元面额的假钞藏在公交车站的寄物柜里，希望她不会挑这个时候想起这事。不过此刻她另有心事。

"手术刀，"她说，"律师拿了我们一把牙科手术刀杀掉克里斯特尔。"

"没错。"

"那他一定来看过牙。"

"一个叫约翰尼的律师，"克雷格说，"咱们有哪个病人是律师？"他皱着眉搔搔头。"律师应该不少，"他说，"而约翰尼也不是那么少见的名字，但——"

"不一定就是病人。"我说，"这样想吧，克里斯特尔去过格拉堡位于国王街的住处。她看到了他用来刻印的牙科用具，认出它们和克雷格用的是同一种东西。这纯属巧合，而她也恰好跟律师提起。所以他选择凶器易如反掌。他干脆就用其中一种。凶器会把罪名指向克雷格，而克雷格如果逃过此劫，他总是还有办法把警方的注意力转到格拉堡身上。"

我边讲边踱步。这会儿我晃过去坐在接待员玛丽安的书桌边缘。"他的计划挺不错，"我说，"只有一个疏忽，那就是我。"

"你，伯尼？"

"没错，"我告诉克雷格，"我。警察把你关进牢里，而你为了自保就决定把你的老友伯尼卖给他们。"

"伯尼,我有什么选择?"我看着他。"而且,"他说,"我知道我没杀克里斯特尔,可如果你当时在她的公寓,再加上有我的一把手术刀,妈的,我就感觉很像是你想嫁祸给我,而且——"

"算了,"我说,"你想找条出路,才出此下策。总之,秃比闯进公寓拿走了假钞,由此看来此案显然不是单纯的杀害前妻。律师这下发现他得赶紧行动。还有些细节没处理好,他得着手解决,因为警方要是真的查起克里斯特尔的背景,他在整件事情里扮演的角色有可能就会浮出水面。

"而且他也很担心格拉堡。也许他们俩见过面,也许格拉堡知道律师和克里斯特尔的关系,也许律师无法确定克里斯特尔到底透露过多少实情。总之不管从哪方面想,格拉堡都是个威胁。而我看到格拉堡时,他自己也相当紧张。也许他和律师联络过。总之他得消失,所以律师决定干脆把格拉堡也做掉,两个案子都丢给我来承担。他想了个法子把艺术家骗进我的公寓,故技重施,拿了把天杀的手术刀杀人,然后把克里斯特尔的几件珠宝扔在那里好让警察顺利结案。至于说我为什么要杀掉格拉堡,为什么用手术刀在我自己的公寓犯案,又为什么会任凭克里斯特尔的珠宝留在那里,这些都可以不管。也许无法完全解释得通,但警察绝对会因此通缉我,结果他就真的达到了目的。"我吸口气,视线从他们身上滑过——吉莉安、克雷格，还有卡尔森·弗瑞尔。"事情的经过便是这样，"我说，"所以我们才聚在这里。"

沉默越来越厚重。弗瑞尔最后打破了沉寂。他清清喉咙。"你是看出了问题，"他说，"你针对律师提出的指控颇有道理。不过你不知道他的身份，而且我看要查出他的下落也没那么容易。你提到一个女人——克里斯特尔·谢尔德里克的朋友？"

"弗兰奇·艾克曼。"

"可你说她自杀了。"

"她是把酒和头痛药混合吃下去才死的。有可能是意外，也可能是自杀。克里斯特尔的事总让她放不开，心里有个结。也许她直接联络过律师，而他可能给了她酒和药，算是他处理某些细节的一环吧。"

"听起来有点离奇，不是吗？"

"有点，"我承认，"可总之她死了。"

"没错。所以可以指认律师的唯一机会看来也跟着她走了。再说那个酒保。科克伦是吧？这名字没错？"

"秃比·科克伦。"

"假钞在他手里？"

"我上次看到的时候是在他那儿，不过那是昨天傍晚的事了。我想这会儿应该还在他手里，而且他跟钱大概都已经远走高飞了。他昨晚打烊后就回家拿了公文包出了城。照我看他应该不会回来了。或许接连发生的凶案把他吓坏了，或许他是一直都盘算着要出卖黑帮同伙。他靠小费和客人剩的零头讨生活，也许看到那一大笔钱就昏了头，可别忘了，那钱看起来还足足有二十五万——虽然最终只值五分之一。我敢打赌秃比是坐出租车到肯尼迪机场，乘飞机去往某个温暖的地方，而且要是从现在到明年春天以前有众多假钞出现在西印度群岛，我可不会惊讶。"

弗瑞尔点点头，又皱起眉头。"说起来你也没什么可做的，"他慢慢地说，"你没有线索可以查出这个律师的身份，而且你不知道他是谁。"

"呃，这可不完全对。"

"哦？"

"我知道他是谁。"

"真的？"

"而且我有些证据。"

"是吗？"

我从书桌后站起身，打开毛玻璃门，示意丹尼斯进来。"这是丹尼斯，"我宣布，"他和克里斯特尔挺熟，也是弗兰奇·艾克曼的好友。"

"那女人真他妈好得没话说。"丹尼斯说道。

"丹尼斯，这位是吉莉安·帕尔。这是克雷格·谢尔德里克医生，还有卡尔森·弗瑞尔先生。"

"十分荣幸，"他对吉莉安说，"十分荣幸，医生。"他对克雷格说。然后他朝着弗瑞尔微微一笑。

他对我——还有大家——说道:"就是他。"
"嗯?"
"就是他,"他再说一次,这会儿指向卡尔森·弗瑞尔,"他就是克里斯特尔·谢尔德里克的男朋友。他就是法律猎犬——约翰尼。"

弗瑞尔打破沉默。不过他是花了一点时间才做到的,他先是从椅子上站起,整个人站得笔直,开口说的话颇有些反高潮的效果。

"可笑之至。"他说。

我说的话也并不比他的好。"命案,"我说,"永远都很可笑。"说完后我并未因此感到自豪,但我确实是那样说的。

"可笑,罗登巴尔。这白痴是谁,你从哪儿把他找来的?"

"他叫丹尼斯,经营一家停车场。"

"我不只是经营,那地方也是我的。"

"那地方也是他的。"我说。

"我看他是喝了酒,而你是头脑有问题,罗登巴尔。你先是耍了手段要我为你辩护,这会儿又指控我杀人。"

"没错,前后不太一致。"我承认,"看来我是不想要你为我辩护。其实我不需要任何人为我辩护。你只需要承认犯下两件命案,警方就会撤销对我的起诉。"

"你根本就是疯了。"

"是该疯了——瞧我这个星期是怎么过的。不过我没有。"

"你就是疯了。首先,我的名字不叫约翰尼,还是你没想到这一点?"

"之前这是个问题。"我承认,"当初怀疑到你时,我还在想也许你名叫约翰尼·卡尔森·弗瑞尔,只是省掉了约翰尼没用。但没这么好运。卡尔森的确是你的名字,而你的中间名则叫沃尔福德。卡尔森·沃尔福德·弗瑞尔,你所有的名字都可以当作姓来用。而你正是那个弗兰奇·艾克曼挂在嘴上的人。要是仔细想的话,事情其实很清楚。"

"我不明白,伯尼,"吉莉安看来确实很困惑,"要是他名叫卡尔森——"

我说:"现在——是约翰尼上场!约翰尼姓什么,吉莉安?"

"哦!"

"是的。叫约翰尼的人有几百万,不是少见得会让弗兰奇每次看到叫这名字的人都套用爱德·麦克马洪的例行搞笑段子。不过卡尔森就另当别论了。用卡尔森作为名字而不是姓氏并不常见,也许弗兰奇就是因此才会觉得有趣。"

"可笑,"弗瑞尔说,"本人已婚,行为一向检点。我爱我太太,对她忠心不二。我跟克里斯特尔没有半点关系。"

"你没那么检点,"吉莉安说,"你会调情。"

"胡说。"

"昨晚你想跟我打情骂俏。你就是有那个意思。不过我没兴趣,所以你才放弃了。"

"荒谬。"

"你多年前就认识克里斯特尔,"我说,"她嫁给克雷格时你就认识她。这话没错吧?"

克雷格证实了这一点。"离婚时卡尔森代我出面,"他说,"哦,说不定在赡养费的问题上弄走我一大笔钱的原因就在这里。也许我的心腹律师已经跟我老婆联手,两人合伙狠敲了我一记竹杠。"天下最好的牙医开始仔细推敲这个可能性,脸上顿时换了一副表情,仿佛五官重新排列过了一样。杀人是一回事,他似乎在想,但骗朋友的赡养费实在太下三烂了。"你这狗娘养的。"他说。

"克雷格,你不能相信——"

"真希望你现在就坐在病人椅上。我要把你的牙齿钻到只剩牙龈。"

"克雷格——"

"以后几年你可以免费看牙,弗瑞尔先生。"我说,"牢里的牙医技术高超,你准备好好享用吧。"

他扭头看向我,如果那不能算是凶手的眼睛,世上就没有眼见为实这句话了:"全是推测,其他什么都没有。你根本没有半点证据。"

"电影里的坏人说的都是这句台词,"我说,"只要他们问起证据,你就知道他们真的有罪。"

"你们一个是胡言乱语前科累累的小偷,一个是喝醉酒的停车场伙计,都是信口开河。"

"见鬼,什么停车场伙计啊!我不帮人停车。我是老板。"

"至于具体实证你们根本就——"

"说到证据可就有趣了,"我说,"通常如果你知道要找什么,证据就会出现。等警察开始把你的照片四处给人看了之后,见过你和克里斯特尔一同进出的人可会比你想的多得多。昨晚你想办法经过我的门卫,那事说来倒不是天下第一难事,不过他或者大楼里的其他人说不定还记得你。再说还有珠宝的问题。你没把克里斯特尔所有的宝物都栽到我的住处,因为你太过贪心。其他的都上哪儿去了?你的公寓?保险箱?"

"他们找不到珠宝的。"

"你听起来很自信。我猜你是找到安全的地方藏起来了。"

"我根本没拿珠宝。天知道你在胡说什么。"

"还有假钞呢?光那玩意儿就可以把你送上绞架。"

"什么假钞?"

"面额二十美元的。"

"哦,你是说那些行踪不定的二十美元假钞吗?"他挑起一边的眉毛看着我,"我还以为大家都有共识,那行踪同样不定的秃比已经拎着钱往南跑了。"

"想必如此。不过我有预感格拉堡事先抽掉了一批样本,因为我还真他妈的可以感觉到,你的办公室里藏有价值两千美元的假钞。"

"我的办公室?"

"维赛街啊。市中心一到星期天就像死城一样,真是好笑。就像氢弹把所有人类都解决了,只剩建筑还立在那里。我有强烈的预感,这会儿有一大沓二十美元面值的假钞就在你书桌正中的抽屉里,而且我敢打赌它们跟沃特·格拉堡住处的那些印版吻合。"

他向我走近一步,又缩了回去。"我的办公室。"他说。

"嗯哼。说对了,你那儿还挺不错的。不像克雷格这儿可以看到公园,当然,从那扇唯一的窗口还是可以看到一点港口风景,不错。"

"你把假钞放在那里了?"

"别傻了。秃比把钱带到南部去了,我怎么会有?"

"我真该把你杀了,罗登巴尔。当初我要是知道你躲在衣柜里的话,当场就会把事情解决。我可以制造出你和克里斯特尔自相残杀的现场。你用刀刺她,她开枪打你,诸如此类。应该办得到。"

"然后你还可以把衣柜里面的大笔假钞顺便拎走,能省掉你不少的麻烦。"

他根本就没在听:"我得除掉格拉堡。我跟他见过面。再说她有可能跟他谈过。秃比只是痛饮过一晚后偶尔会带她回家的人,不过她跟格拉堡可是真有一段。他有可能知道我的名字,甚至还能猜出我涉案了。"

"所以你约他到我的公寓里见面?"

"他以为他要见的是你。我有他的电话号码——确实没登记,不过他给过克里斯特尔。我打给他,要他到你的公寓去。我告诉他我有他的假钞,打算还给他。要通过你的门卫不难。"

"向来不难。你怎么进到我的公寓的?"

"我把门踢开。和电视上演的一样。"

我的防盗锁可真是不堪一击。哪天我得买个格拉堡用的那种狐狸牌警察锁,虽说那锁其实并没有保护格拉堡——

"格拉堡到达时,门卫按铃到楼上,我要他请访客上来。门卫理所当然地假定我就是你。"

"当然。"

"格拉堡说我看起来不像小偷。可他一点也没有怀疑,"他考虑了一会儿,"杀他比杀克里斯特尔还容易。他又高又壮,不过干掉他并不难。"

"据说这种事都是一回生二回熟。"

"我本希望你随后会到。那我就可以布置得像是你们动手互相残杀。可是你没回家。"

"没有。"我说。我正要开口说当时我在吉莉安处,突然想起克雷格在场。"我担心警察会监视我那儿,"我说,"所以住到旅馆去了。"

"反正我也没等那么久。他的尸体躺在房间中央,让我浑身发毛。"

"明白。"

"于是我离开了。门卫没注意到我的来去,而且我没留下指纹。我看其实无所谓,就那么点假钞栽在我的书桌里。我是深受尊敬的律师。到时候我们对质,你说警察会信谁?"

"那这些人呢,弗瑞尔?"

"你是说停车场来的酒鬼?"

"他妈的那是我的地,"丹尼斯说,"不是路边小摊。说起停车场,那可是有价地产哟。"

"我看克雷格不会想把刚才说出来的事全告诉警察,"弗瑞尔说道,"而且我相信帕尔小姐应该懂得哪一方对她有利。"

"没用的,弗瑞尔。"

"当然有用。"

"没用。"我提高声音,"雷,这样够了吧?露个脸抓住这狗娘养的,我们大伙儿也好回家。"

通向里间办公室的门打开了,雷·基希曼踏出房门。"这位是雷·基希曼,"我告诉他们,"他是警察。我接丹尼斯前先让雷进到里面。我知道这样不太礼貌,克雷格,不过我是积习难改。雷,这位名叫克雷格·谢尔德里克。吉莉安你见过。这位叫卡尔森·弗瑞尔,是凶手。这边这位叫丹尼斯。丹尼斯,我还不知道你的姓。"

"赫加蒂,不过看在上帝的分上不要道歉。我自己也把你的名字弄错了,一直叫你肯尼。"

"错误难免。"

"天哪,"雷对我说,"你真是干冰发明以来最酷的玩意儿了。"

"我有盗贼的胆量。"

"你说中了,小子。"

"不,事实上是你说中的。你要不要向这位卡尔森宣读他的权利?"

"盗贼的胆量。"

他要那样想,我没意见,不过我们不都很酷吗?丹尼斯不用说是酷得可以结冰,他一辈子没见过弗瑞尔,还可以那样完美地指认出他。要不是我把在场的人一一介绍给他,他说不定会把克雷格当成行踪不定的法律猎犬。

而且我也没那么肯定自己真有他说的那样气定神闲。雷对着弗瑞尔低声说他有权保持沉默时,弗瑞尔从他的外套口袋抽出一把手术刀,我得承认这情景让我浑身发抖。雷只顾着念这样那样的权利,根本没看见发生了什么,我的下巴都要掉下来了,浑身僵硬。然后卡尔森发出绝望的低声吼叫,一刀往自己的心脏直戳过去。接着我才又恢复很酷的样子。

21

"老生常谈了,"我告诉吉莉安,"他花的比赚的还多,在股票市场输了些钱,债务缠身,然后又从他处理的几个地产案盗用款项。他需要钱。人为了钱会干出什么事来,只怕你听了会被吓坏的。也许计划刚开始时他只想捞上几千美元佣金。然后他发现有办法可以全部到手。再说此时克里斯特尔可能已经不是资产而是负债。他们的关系拖了好几年,这会儿有个法子可以一了百了,又能顺手捞上好几万。"

"但他看起来颇受尊敬。"

"也许他没杀弗兰奇·艾克曼。他没提,现在要问也太晚了。我想她昨晚也许给他打过电话,不过她的死不是意外就是自杀。如果是他动的手,会用手术刀解决的。"

她抖了一下:"他做那件事时,我正好在看他呢。"

"我也是。除了雷,其他人也是。"

"我只要闭上眼睛就看到他动手,猛戳自己的胸膛。"

这事也扰乱了我的心绪,但我得保持形象,不能表现出来。"他挺体贴的,"我轻松愉快地说,"帮本州省下了审判的钱和供他吃住好几年的花费。而且他给了克雷格机会躲开镁光灯,雷·基希曼也因为他多发了一笔小财。"

挺干净利落的,不是吗?几千美元换了主人,由克雷格转给了雷,此案的某些细节因此永远不会列入档案。没发生过窃案,举例来说。我也没去过格拉梅西公园的公寓。真凶已经被贴上了凶手的标签,不会有人有理由抱怨,所以要把碍眼的细节扫到地毯下自然也很容易。

我往后靠在椅背上,啜了口酒。此时夜幕低垂,我在吉莉安那里,而且不用担心警察突检。托德拉斯和奈斯旺德迟早要从我嘴里收集口供,不过眼下我还有别的事要想。

我动了一下,搂住吉莉安。

她的身体缩了缩。

我伸伸懒腰,故意打个哈欠。"嗯,"我说,"洗个澡应该不错,不是吗?我一直没有机会换掉衣服,而且——"

"伯尼?"

"什么?"

"我……呃,你知道,问题是克雷格马上要过来。"

"哦。"

"他说他大概九点半到。"

"原来如此。"

她扭头看着我,圆圆的眼睛里带着悲伤。"呃,我总得实际点,"她说,"不是吗?"

"当然。"

"原来我生他的气是因为他做的事,伯尼。唉,没错,有些人面对压力是比其他人更懂得如何处理,而且不同的人可以面对的压力也不同。克雷格是牙医。"

"世界上最好的牙医。"

"他在病人身上进行复杂的操作时,意志坚决,沉着冷静。可是他不习惯被逮捕又被扔进牢里。"

"很少有人会习惯。"

"总之,他对我很有诚意。"

"是。"

"而且他人很好,又在专业上占有一席之地。他颇受尊敬。"

"卡尔森·弗瑞尔也曾经颇受尊敬。"

"而且他稳当可靠,这点很重要。伯尼,你是小偷。"

"没错。"

"你不存钱。你不断地工作。你随时都有可能坐牢。"

"对此我无话可说。"

"反正你也许根本不打算结婚。"

"没错,"我说,"我没这打算。"

"所以我要是为……为一个什么都不是的人放弃克雷格那么可靠的人,那我就是疯了,对不对?"

我点点头:"不容置疑,吉莉安。"

她的下唇抖起来:"那为什么我会觉得自己很糟糕?伯尼——"

此刻我应该伸出手把她揽进怀里亲吻。的确是时候了,但我只是把酒杯放到咖啡桌上,站起身来。"时间不早了,"我说,"信不信由你,我很累。忙了一天,四处奔波。你也该梳洗一下,待会儿口渴先生来时你也好展示出最漂亮的模样。我呢,想回家去,往我的门上再挂两道新锁,然后洗个澡。"

"伯尼,我们还是……唉,还是会见面的,对不对?"

"不,"我说,"不行,我看是不可能了,吉莉安。"

"伯尼,我这是犯了大错吗?"

我认真思索了一下,提供的答案非常诚实。"不,"我说,"你没有。"

我坐在出租车里穿过中央公园,有那么一会儿觉得自己就像西德尼·卡顿①。我做了件天大的好事,这辈子还是头一回。总之就是那些说什么为朋友牺牲生命有多高贵的鬼话。

还真是鬼话。因为天下最好的牙医根本称不上是什么

---

① 狄更斯名著《双城记》中的人物,法国大革命中,他代替朋友上了断头台。

朋友，再说我又放弃了什么？她长得可爱漂亮，还会煮好喝的咖啡，可是很多女人都可爱漂亮，而且做的是比磨亮牙齿还要有趣的事。再说我还没碰到有谁煮咖啡比我高明，因为我有个滤壶，还有调配好的哥伦比亚和危地马拉咖啡豆。

要说我跟西德尼·卡顿相像，那应该就是我展露了一点安静沉稳的气质。卡尔森·弗瑞尔也是如此——因为他没跳下窗户，死得干净利落。其实我把那个女人的生活搅得极其复杂。

譬如，我原本可以告诉她，我躲在克里斯特尔的衣柜里时跟她在一起的那位激情恋人是谁。我可以说那正是克雷格本人，而那位他说他得赶回去找的不知道叫什么的女人恰恰就是吉莉安，我没听出声音是因为有衣柜挡住。我不知道真相如何。不过这种说法倒是可以解释克雷格某些怪异的行为，何况当时我是刻意不听外面的声音，所以就算克雷格在场或许我也听不出来。但我没追问这问题，当时没有，之后也没有。直到今天，我仍然不知道那人是否就是他。

不过要是我把这个想法推演下去，他们的关系肯定会完蛋。

可又为什么要占着茅坑不拉屎呢？

其实我也可以告诉她，干小偷不是表面看来那样没有前途，而且这案子虽然弄得鸡飞狗跳，但我可没有两手空空白干一场。我拿到了那价值二十五万的假钞:除了其中两千放在了弗瑞尔的抽屉里,其他的倒还都安安稳稳地躺在港务局公交车总站的寄物柜里。我先前全是在胡扯,钱当然并没有跟着秃比流向别处。秃比发现钱不见踪影,便马上跑出了城,因为他知道黑帮老大都在等他交出五万现金或五倍于这个数字的假钞,否则他就别在纽约混了。

总之我可以找个认识某人的某人谈笔生意,要是弄不到两三万,嘿,那就真是见鬼了。当然我永远都可以照格拉堡的方式去做,自己一张张地用,不过这么做就不需要贼的胆量了。你得兼具骗子的厚颜无耻和圣徒的耐性——那可真是他妈的要命组合。

同样,我也可以告诉她克里斯特尔的珠宝藏在某个地方,告诉她弗瑞尔不可能已经变卖宝物,而且他当然不会藏在警察一下子就可以找到的地方。等风头稍过,我有可能一展身手揪出它们。所以干小偷的虽然没有未来,而且天知道,也没有退休金、福利金,只是未来固然没有,现在倒是挺好,而且过了几天算得上挺苦的日子,我得到的报偿可还不错。

所以我是可以试试,改变她的心意。只不过有可能我真的这样讲了一遍,最后却发现她根本不值,所以还是让她见鬼去吧。

世上女人多得是。

比如和我通过电话的那个。窄廊画室。她叫什么来着？丹妮丝。丹妮丝·拉斐尔森。在电话上她可真是有趣，而有趣显然不是吉莉安的长处。娇俏的女人固然不错，可你干过几回脏事以后，能放松心情大笑几回不也很好吗？

当然有可能结果发现她是禽兽。要不也许面对面产生的化学反应和打电话完全不同。反正再过个两三天我会去看些画，要是有感觉，我就自我介绍，成了固然好，不成也无所谓。

世上女人多得是。

可我要上哪儿再找个牙医呢？

The Burglar in the Closet
Copyright © 1978 Lawrence Block
First Published in the United States by Random House, New York, New York. This edition is published in agreement with the author, c/o BAROR INTERNATIONAL, INC., Armonk, New York, U.S.A. through Chinese Connection Agency, a Division of the Yao Enterprises, LLC.
Simplified Chinese edition copyright © 2018 New Star Press
All rights reserved.

图书在版编目（CIP）数据

雅贼全集：精装典藏版：全11册／（美）劳伦斯·布洛克著；王凌霄等译．— 北京：新星出版社，2018.10
ISBN 978−7−5133−3168−5

Ⅰ．①雅… Ⅱ．①劳… ②王… Ⅲ．①推理小说−小说集−美国−现代 Ⅳ．①I712.45

中国版本图书馆 CIP 数据核字（2018）第 155987 号

雅贼全集精装典藏版②

衣柜里的贼

（美）劳伦斯·布洛克 著；易萃雯 译

责任编辑：王 欢
特约编辑：郑 雁
责任校对：刘 义
责任印制：李珊珊
装帧设计：周伟伟

出版发行：新星出版社
出 版 人：马汝军
社　　址：北京市西城区车公庄大街丙3号楼　100044
网　　址：www.newstarpress.com
电　　话：010-88310888
传　　真：010-65270449
法律顾问：北京市岳成律师事务所

读者服务：010-88310800　　service@newstarpress.com
邮购地址：北京市西城区车公庄大街丙3号楼　100044

印　　刷：北京盛通印刷股份有限公司
开　　本：889mm×1092mm　　1/32
印　　张：7.375
字　　数：94千字
版　　次：2018年10月第一版　2018年10月第一次印刷
书　　号：ISBN 978-7-5133-3168-5
定　　价：638.00元（全十一册）

版权专有，侵权必究。如有质量问题，请与印刷厂联系调换。